ISBN 978-3-8370-7659-2

Erschienen November 2008
Bildquelle Umschlag: Auge in Gips, Alexandra Wirth

Homepage mit Lesekostproben: http://www.wwwirth.de/

Erhältlich als e-Book unter

http://www.xinxii.com/product_info.php?products_id=315564

Printausgabe:

Herstellung und Verlag: Books on Demand GmbH,
Norderstedt

Inhalt

Leblos

✼

Missmutig strich sich Hartmann eine Strähne seines langsam ergrauenden Haares aus der Stirn und warf einen prüfenden Blick in den Spiegel über dem Waschbecken.

„Sie scheinen ja gar nicht zu altern, mein lieber Herr Hartmann." hatte Kroth, der mit den übrigen Geschäftspartnern draußen am Tisch auf ihn wartete, vor einer halben Stunde bemerkt. Was ein Kompliment hatte sein sollen, trieb Hartmann vor den Spiegel der Herrentoilette des Restaurants. Im letzten halben Jahr hatte er derartige Bemerkungen ein wenig zu oft gehört.

Erneut prüfte Hartmann die Fältchen um die Augen und wieder machte ihn das Ergebnis dieser Prüfung nicht eben ruhiger. Es schien, als sei wieder einmal der Moment gekommen, alles, was ihm vertraut geworden war, zu verlassen. Hartmann, obwohl er engen zwischenmenschlichen Beziehungen so konsequent aus dem Weg ging, dass er selbst manchmal Mühe hatte, sich an seinen Vornamen zu erinnern, bedauerte das. Dennoch, das Risiko, dass man sein Geheimnis entdeckte, war zu groß.

Das Grau in seinen Haaren, ebenso wie die Fältchen und Falten in seinem Gesicht, waren das Resultat diverser kleiner Hilfsmittel, derer er sich bediente, um einen Alterungsprozess vorzutäuschen. In Wirklichkeit war er in den zwanzig Jahren, die er in seinem derzeitigen Umfeld verbracht hatte, nicht einen Tag gealtert. Ebenso wenig die rund 600 Jahre davor. Hartmann erinnerte sich an die Zeit zurück, als er bemerkt hatte, dass er anders war als andere Männer.

Er hatte damals als Kaufmann ein recht zufriedenes Leben gelebt, in bescheidenem Wohlstand, mit einer Frau an seiner Seite und Kindern. Zunächst hatte man ihn gesegnet genannt, weil er so gar nicht zu altern schien, aber als seine Jugend mit den Jahren allzu unnatürlich wurde, hatte es böse Zungen gegeben, die ihn mit dem Teufel im Bunde wähnten. Er hatte eines Nachts fliehen müssen. Die Kinder, mittlerweile schon erwachsen, und seine Frau, eine zu diesem Zeitpunkt bereits   grauhaarige Matrone, hatte er zurück gelassen.

Von diesem Tag an begann für ihn ein Leben ohne Menschen, die ihm näher kommen konnten. Er mied Freundschaften und die wenigen Male, die er sich in eine Frau verliebte, hatte er seine Gefühle unterdrückt und den Wohnort gewechselt. Zu seinen Kaufmannszeiten war er ein gläubiger Mann gewesen und hatte Gott gedankt, dass er ihn so reich bedacht hatte mit Gesundheit und Wohlstand. Nach seiner Flucht hatte er Gott angeklagt und verflucht. Seinen Glauben verlor er mehr und mehr. Übrig blieb die tief in ihm verwurzelte Überzeugung, dass es einen Sinn für seine Absonderlichkeit geben müsse und dass er Teil eines ihm verborgenen Planes war. Das hinderte ihn daran, seinem freund- und freudlosen Leben ein Ende zu machen. Es musste einfach einen Sinn geben!

Die Tür des Waschraums öffnete sich und Kroth, der eben noch sein jugendliches Aussehen bewundert hatte, trat ein.

„Nun, Hartmann, sie haben es doch gar nicht nötig, ihre

Falten im Spiegel zu begutachten. Nicht bei ihrer jugendlichen Ausstrahlung!" Er klopfte ihm auf die Schulter. „Verraten sie mir das Geheimnis und ich schwöre ihnen, wir werden es auf dem Kosmetikmarkt zu einem Renner machen!"

Gekünstelt stimmte Hartmann in Kroths Lachen ein und belgleitete den Geschäftspartner zurück an den Tisch, um den Abend zu einem möglichst raschen Abschluss zu bringen.

Eine Stunde später, wieder in seinem Appartement, begann er, sein Verschwinden vorzubereiten. Er packte die Koffer, legte Spuren, die Neugierige zu der Vermutung bringen würden, dass er den plötzlichen Entschluss gefasst habe, auszusteigen. Mit den Jahrhunderten hatte er Routine in diesen Dingen entwickelt.

Telefonisch bestellte er ein Taxi. Um die Wartezeit zu überbrücken, blätterte er in einem der Fotoalben, in denen er die Leben seiner Nachkommen dokumentierte. Er hatte es sich in all den Jahrhunderten nicht nehmen lassen, sie im Auge zu behalten und er besaß neben den Fotoalben auch Filmaufnahmen. Ein Beobachter war er, ein Chronist der Leben anderer.

Ein Hupen vor der Tür. Das Taxi war da. Er packte das Album in eine seiner Taschen und verliess, ohne sich umzudrehen, die Wohnung, die so viele Jahre die seine gewesen war. Er sehnte sich nach Leben oder wenigstens dem Tod, nach irgend etwas, das mehr war als diese ewige Flucht und das Warten auf einen Sinn.

Im Vorübergehen warf er seine Visitenkarten in die

Mülltonne. Kurz hielt er inne und fischte eine der blassblauen Karten wieder heraus. „Martin" sagte er zu sich selbst. „Stimmt, Martin war der Vorname..." Mit einem Schulterzucken schnippte er die Karte wieder zu den anderen und setzte seinen Weg zum Taxi fort.

Lösungen

✂

Aus den geheimen Unterlagen der Wendelschen Koalitionsregierung 2046:

„Die Versuche mit fünf Probanden aus verschiedenen bundesdeutschen Justizvollzugsanstalten sind bisher vielversprechend verlaufen. Die in Frage kommenden Kandidaten aus den Reihen der verurteilten Gewaltverbrecher wurden nach folgenden Kriterien ausgewählt:

– hohe Risikofreude
– möglichst hohe Gewaltbereitschaft
– Maß ihrer Skrupellosigkeit

Die Technik der Zeitreise ist so weit ausgereift, dass zeitgenaue Reisen zu historisch prägnanten Momenten möglich sind. Die erforderliche Hardware wurde in den vergangenen Monaten immer weiter verbessert. Parallel zu dieser Perfektionierung unserer Technik fand eine Ausbildung der Aspiranten statt, in der ihre gewalttätigen Charakterzüge gefördert und gezielt auf Feindbilder aus der Vergangenheit gelenkt wurden.

Nach Abschluss der Ausbildung wurde die erste der Versuchspersonen in die Vergangenheit versetzt, um die dort gewählte Zielperson, einen zu diesem Zeitpunkt bei uns als mehrfacher Mörder bekannten Mann, aus dem Weg zu schaffen. Ziel war es, dem Zeitverlauf und somit auch der Geschichte eine positive Wendung zu geben.

Angesichts der Tatsache, dass der Massenmörder Eberhard S. seit unseren Testläufen in Geschichtsbüchern nun gar nicht mehr und in Zeitungsarchiven und Justizakten nur noch als jugendliches Opfer eines ungeklärten Gewaltverbrechens in Erscheinung tritt, sind unsere Versuche ein voller Erfolg. Wir werden nun dazu übergehen, unsere Zeitreisekandidaten auf politische Persönlichkeiten zu fokussieren. Unser zweiter Kandidat, Werner Mander, ein mehrfach verurteilter Mörder, schließt seine Konditionierung in wenigen Tagen ab."

✄

Bericht aus dem Magazin „Jugend und Heimat", Ausgabe 05/2047:

„Unser Führer und Staatsgründer Werner Mander hat in den langen Jahren seiner Regentschaft eine sichere Welt für uns und unsere Familien geschaffen und den Grundstein für Sicherheit und Wohlstand gelegt. Den fast unumgänglichen Krieg, der zum Zeitpunkt seiner Regierungsübernahme wie ein Damoklesschwert über unseren Häuptern schwebte, konnte er durch geschickte und kluge Politik abwenden.

Der unerwartete Unfalltod des amerikanischen Präsidenten und seines Vertreters im Jahr 1949 stürzte Nordamerika in eine nie zuvor erlebte Krise, die aber mit deutscher Hilfe überwunden werden konnte. Das Vorbild unseres blühenden Landes, das dank harter Gesetze und konsequenter Regierung mit fester Hand so viele Krisen bewältigt hatte, spornte die amerikanische Politik zur Bildung einer neuen Partei nach Vorbild der deutschen Regierungspartei an, die sehr schnell große Erfolge feierte.

Wir alle wissen, dass es der Wunsch des amerikanischen Volkes war, sich unserem Reich anzuschließen und allen bösen Gerüchten zum Trotz, wurde 1953 die deutsch-amerikanische Wirtschaftseinheit mit der Gründung der DAWI besiegelt, der bald schon die politische Vereinigung folgte."

⌘

Flugblatt der terroristischen Untergrundorganisation „Deutsche Freiheit", beschlagnahmt am 23.10.2047:

„Die Lüge geht um in Deutschland und Amerika!

Kameraden, lasst Euch nicht länger hinter's Licht führen. Der Gründer dieses Staates, Werner Mander, der von uns allen als strahlender Held gefeiert wird, war ein Mörder! Eindeutigen Beweisen zufolge war er in den ungeklärten Unfall verwickelt, dem im Jahr 1949 die Regierungsspitze der damaligen Vereinigten Staaten von Amerika zum Opfer fiel. Unsere heutige Regierung, unser heutiges Grundgesetz fußt auf Legenden, die nicht nur geschönt, nein, sogar gefälscht sind. Ungeklärt ist auch, warum es keinen Zugang zu den Prozessakten im Tötungsfall des Knaben Adolf H. gibt, in dem Mander eine Rolle spielte.

Deutsche, Amerikaner, nehmt nicht länger eine Regierung hin, die seit einem Jahrhundert die Lüge lebt. Wagt den Widerspruch!"

⌘

Auszug aus dem Lokalteil der Deutsch-Amerikanischen Vereinigungspostille Berlin, 03.11.2047:

„Verurteilungen der standrechtlichen Gerichtsbarkeit diese Woche:

- 4 Verurteilungen zu Pranger, 2 x wegen Verletzungen der Bürgerpflichten, 1 x wegen Vernachlässigung der Ehepflichten zum Zwecke des Volkserhaltes, 1 x wegen übler Nachrede
- 3 öffentliche Auspeitschungen wegen Beleidigung des Staatsgründers
- 6 Verurteilungen zum Tode durch den Strang, 3 davon wegen Mitgliedschaft in einer terroristischen Vereinigung, 1 x wegen Verbreitung publizistischen Materials terroristischer Natur, 1 x wegen Diffamierung der Obrigkeit zum Zwecke der Volksverhetzung, 1 x wegen verbotener Forschung im Bereich temporaler Reisen und einhergehender Gefährdung der Zeitkontinuität.

Die Urteilsvollstreckung findet wie immer am Sonntag auf dem Marktplatz statt. Auf dem Lokalkanal wird ab 18:00 Uhr eine Zusammenfassung gesendet werden."

Zwischenwelt

Missmutig wandte sich Hansen vor der Essensausgabe den Tischen der Mensa zu. Er war zu spät und der einzige noch freie Platz war der neben Höffelmann, den er nicht mochte. Er zuckte mit den Schultern und setzte sich in Bewegung.

Höffelmann erwiderte seine Begrüßung mit einem Nicken.

„Schön, dass ich sie hier treffe, Herr Hansen. Heute mittag ist eine Sitzung des Incentive-Ausschusses und ich würde gerne noch ihre Meinung zu einer neuen Prämie hören, die ich vorschlagen möchte. Sie haben doch im Wissenschaftsausschuss Einblick in diese neue Methode, mit der man Parallelwelten besuchen kann. Ich hatte mir überlegt, dass ein solcher Besuch als Prämie einmal etwas anderes wäre. Was halten Sie davon?"

Hansen hatte eigentlich nicht die geringste Lust, seine Mittagspause mit Fachsimpeleien zu vergeuden, erst recht nicht mit einer Streberseele wie Höffelmann. Der war doch nur in den Incentive-Ausschuss berufen worden, weil er sich beim Rat jahrelang interessant geredet hatte.

„Die Methode nennen wir „Springen", aber ich glaube nicht, dass ihre Idee wirklich eine so gute ist. Ich gebe zu, dass wir schon interessante parallele Welten ausfindig machen konnten und unsere Besuche dort unseren Soziologen viele lehrsame Einblicke verschaffen konnten. Aber als Prämie in Art eines Abenteuerurlaubs taugt das meiner Meinung nach nicht sehr viel."

Er dachte an die letzte Forschergruppe, die eine parallele Erde besucht hatte, auf der es weder Gemeinschaftseigentum noch die Sicherheit eines für alle gleich hohen Lebensstandards gegeben hatte. Statt einem sozialen Gewissen, Gemeinschaftssinn und einem Fördern von besonderen Leistungen durch Prämien, hatte dort ein individuelles Streben nach Besitz und sozialer Überlegenheit das Miteinander geprägt. Für Dinge, die man benötigte, brauchte man dort speziell zu diesem Zweck geschaffene Tauschmitteln (die Forschercrew hatte diese Tauschmittel in ihrem Bericht mit dem Wort „Geld" bezeichnet), die man wiederum als Prämie für jedwede selbst erbrachte Leistung erhielt.

„Wissen sie, Höffelmann, es wäre sicherlich für viele interessant, aber wir haben noch nicht alle Risiken erforscht. Um den Schock des Übergangs, der ja bei Bewusstsein auch mit körperlichen Schmerzen verbunden wäre, für unsere Wissenschaftler zu vermeiden, wird der Transfer immer in Narkose durchgeführt. Wir wagen es nicht, jemanden bei vollem Bewusstsein auf die andere Seite zu schicken. Und weil wir das nicht wagen, kann auch niemand sagen, was sich zwischen den parallelen Welten befindet. Allerdings wissen wir, dass da irgend etwas sein muss. Nimmt man Uhren mit auf die Reise, liegt zwischen dem Austritt aus der einen und dem Eintritt in die andere Welt immer eine Zeitspanne von zwei bis drei Stunden. Solange wir nicht wissen, was dort ist, sollten wir nicht mit der Springerei spielen."

Das war nicht die Antwort gewesen, die Höffelmann sich erhofft hatte. Seine Lippen waren schmal geworden und sein Blick hatte etwas herausforderndes, als er vom Tisch aufstand und sein Tablett nahm. „Wäre es nicht ihre Aufgabe, das herauszufinden? Haben sie schon einmal darüber nachgedacht, ihren schlafenden Springern Kameras mitzugeben?"

Als er sein Tablett mit dem Geschirr an der Rückgabestation abstellte und die Mensa verließ, tat er das mit der Haltung eines Menschen, der weiß, dass er allem und jedem überlegen ist.

Hansen sah ihm kopfschüttelnd nach.

Natürlich hatte man versucht Kameras mit auf den Weg zwischen den Welten zu schicken, die mit ihren Aufnahmen Licht in die Ungewissheit bringen sollten. Aber die Aufnahmen hatten lediglich ein Rauschen gezeigt, in dem nichts zu erkennen war. Schließlich hatten zwei mutige Mitglieder der Forscherteams sich dazu bereit erklärt, den Sprung ohne Narkose zu wagen. Sie waren nicht zurückgekehrt. Wohl aber ihre fünf Mitreisenden, die die übliche Narkose erhalten hatten.

Als Hansen nach dieser unerfreulichen Mittagspause wieder sein Büro im sechsten Stock des Verwaltungshochhauses betrat, saß Edda auf einem der Stühle vor seinem Schreibtisch. Sie hatte die Beine übereinander geschlagen und hielt einen schmalen Ordner auf ihrem Schoß.

Mit einer freundschaftlichen Berührung ihrer Schulter ging er um den Schreibtisch herum und setzte sich auf seinen Stuhl. „Neuigkeiten über die fünf Mitreisenden der verschollenen Springer?" fragte er mit einem Blick auf den

Ordner, den Edda nun auf den Tisch legte.

„Ja, die ersten Untersuchungsergebnisse. Es hat etwas gedauert, weil wir Fehler ausschließen wollten und alle Tests zwei Mal durchgeführt haben. Um ehrlich zu sein, ich hätte am liebsten einen dritten Durchgang gestartet. Die Ergebnisse sind seltsam."

„Muss ich mich jetzt durch Tabellen und Zahlen quälen, oder tust du mir den Gefallen einer kurzen Zusammenfassung?"

Edda stand auf und ging zum Fenster. Dort drehte sie sich zu ihm um. „Hätten wir nicht eine so ungewöhnliche Gewichtszunahme bei den Fünfen festgestellt, wir hätten wahrscheinlich bestimmte Untersuchungen gar nicht gemacht. So, wie es aussieht, sind Johnson und Müller gar nicht wirklich verschollen. Sie sind zurückgekehrt."

„Willst Du damit sagen..."

„Ich will nicht, ich sage. Sie sind wieder hier, als Teil der anderen fünf Springer. Und sie sind nicht nur passiv da, es ist nicht bloß eine rein körperliche Verbindung, die ihre Materie mit der der anderen fünf eingegangen ist. Die psychologischen Tests haben ergeben, dass die zurückgekehrten Springer plötzlich bestimmte Verhaltensmuster zeigen, die vorher typisch für Johnson und Müller waren. Wir haben noch weitere Tests laufen, die aber länger dauern werden. Aber das, was ich dir eben erzählt habe, ist jetzt schon sichere Erkenntnis."

„Haben wir irgend eine Chance, das rückgängig zu machen, was ihnen dort zwischen den Welten zugestoßen ist? Sieht einer unserer Wissenschaftler eine Möglichkeit?"

Mit einem resignierten Blick löste sich Edda von der Fensterbank, an der sie lehnte. „Wir können nicht hexen. Das einzige, was uns zur Zeit zu tun bleibt, ist es, Sorge dafür zu tragen, dass die Fünf ihre neue Persönlichkeit verkraften und mit den Anteilen Johnson/Müller ihren Frieden schließen. So lange wir aber nicht wissen, wer oder was diese Patchworkarbeit verursacht hat, können wir sie auch nicht rückgängig machen."

Hansen blätterte in dem vor ihm liegenden Dossier, ohne wirklich die Zahlen und Worte aufzunehmen. Ernst sah er Edda an.

„Es scheint so, als hätten wir mit Dingen gespielt, die wir besser nicht berührt hätten."

Edda nickte. „Es gibt noch etwas..."

„Was?"

„Die Videoaufnahmen. Wir haben Ton- und Bildtechniker an die Bänder gesetzt und die haben nun endlich etwas hörbar machen können. Keine Bilder, nur Töne, aber eindeutig erkennbare Sprachaufnahmen. Seltsamerweise in unserer Sprache. Aber mich wundert mittlerweile sowieso nichts mehr."

„Edda, spann' mich nicht so auf die Folter. Was sagen die Bänder?"

„Nicht viel, nur zwei Worte in ständiger Wiederholung. Immer wieder „Bleibt fort!""

Leon

❀

„Kannst Du heute Abend zu mir kommen? Nach der Arbeit? So gegen sechs?"

Torstens Stimme am Telefon klang gehetzt und aufgeregt.

„Natürlich komme ich. Aber sechs Uhr wird nicht hinhauen. Wir haben um drei eine Präsentation und die Nachbesprechung kann sich ziehen. Wär' sieben Uhr ok?"

„Gut, sieben Uhr ist auch in Ordnung. Bis dann."

Schon hatte er aufgelegt. Ich wählte Jennys Nummer, um ihr zu sagen, dass ich heute später nach hause käme.

„Oh, Ralf, muss das sein? Leon hat heute wieder einen seiner komischen Tage. Ständig beobachtet er mich mit diesem kalten Blick, ohne jeden Gesichtsausdruck. Er macht mir Angst."

„Jenny, er ist zwölf! Warum solltest Du vor ihm Angst haben."

Das sagte ich scheinbar so leicht dahin. Aber ich kannte Leons Blick und ich konnte Jenny nur zu gut verstehen. Dennoch, was hätte es genützt, wenn ich sie in ihrer Angst bestätigt hätte?

Um kurz vor sieben saß ich in Torstens Wohnzimmer. Wäre er nicht immer noch so offensichtlich nervös gewesen, hätte man glauben können, dass sich da vor dem knisternden Kamin zwei Freunde einen schönen Abend machen wollten.

Nun, wir waren ja auch Freunde, schon aus frühesten Kindertagen. Und wäre Torsten nicht gewesen, ich wüsste nicht, was aus Jenny und mir nach Leons Unfall geworden wäre.

Leon war sieben Jahre alt gewesen, als er beim Spielen angefahren und so schwer verletzt wurde, dass er schon den Weg ins Krankenhaus nicht mehr überlebte. Jenny wurde fast verrückt vor Trauer um ihren einzigen Sohn und auch ich weiß heute nicht mehr, wie ich mich aufrecht gehalten hätte, wäre da nicht meine Arbeit in der Werbeagentur gewesen.

Jenny hatte es nicht so einfach. Sie war mit Leib und Seele Mutter gewesen und nichts konnte sie wenigstens zeitweise von ihrem Schmerz ablenken. Ich litt mit ihr, aber auch ich wusste keinen Trost. Es schien, als schwände sie dahin, würde immer weniger. Sie war nur noch ein blasser Schatten ihrer selbst. Unter den Augen zeichneten sich dunkle Ränder ab und sie mag innerhalb eines halben Jahres wohl mehr als zwanzig Kilo abgenommen haben.

Torsten war es, der uns aus diesem Loch heraus holte. Er war Mediziner und an der Universität an diversen Forschungsprojekten beteiligt. Eines Tages, als er bei uns zum Abendessen war und Jenny sich in der Küche um den Nachtisch bemühte, machte er einen Vorschlag.

„Ralf, ihr habt doch, wie mittlerweile die meisten Eltern, Proben von Leons Erbgut entnehmen und einfrieren lassen?"

Ich nickte. Natürlich hatten wir das getan, wie es seit etwa 2015 üblich war. Stammzellenforschung war früher einmal verpönt gewesen, heutzutage gehörte es zum guten Ton, daß verantwortungsvolle Eltern für den Fall einer Erkrankung ihrer Kinder vorsorgten.

„Nehmen wir einmal an, ich könnte Leon damit in unseren Labors wieder zum Leben erwecken. Glaubst du, Jenny und du könnten das für euch behalten? Es wäre nicht legal und ich würde einiges riskieren. Aber ich kann mir das hier" seine Hand machte eine umfassende Geste. „nicht mehr mit ansehen. Ihr geht zugrunde."

Er erzählte mir, dass es tatsächlich eine Möglichkeit gäbe, Leon zu klonen. Eine unerprobte, aber er traue sich das zu. Ich will nun nicht zu sehr ausschweifen. Anfangs hatte ich Bedenken, aber das Aufleuchten von Hoffnung in Jennys Augen, als ich ihr davon erzählte, ließ mich alle Einwände beiseite schieben. Ich wollte meine Frau wieder haben, und wenn ich dabei obendrein noch meinen Sohn wieder in Armen halten konnte, sollten moralische Überlegungen keine Rolle mehr spielen.

Der geklonte Leon war, als er zu uns kam, im gleichen Alter wie sein Original und Torsten hatte ihm alle Erinnerungen geben können, die unser Sohn bis zu seinem Tod gesammelt hatte. Es war, als sei der Unfall niemals geschehen. Wir waren wieder eine vollständige Familie.

Unser Glück wurde lediglich davon getrübt, dass Leon oft abwesend schien und manchmal eine seltsam anmutende Gefühllosigkeit an den Tag legte. Auch wenn wir uns anfangs gegenseitig bestätigten, dass das sicher eine normale Entwicklungsphase bei Kindern sei, wurde uns das nach und nach doch unheimlich. Sicher, vielleicht wäre der echte Leon mit dem Älterwerden genauso gewesen, das konnten wir nicht wissen, aber es war und blieb befremdlich.

Torsten, als unser Freund, bekam das natürlich mit. Er untersuchte Leon regelmäßig und fand zu unserer Erleichterung keine körperlichen Auffälligkeiten. Der Junge war kerngesund...nur eben komisch.

Nun saß ich in einem gemütlichen Lehnsessel vor Torstens Kamin, hielt ein Glas Rotwein in Händen und wartete gespannt, auf das, was Torsten mir so dringend mitteilen wollte.

„Ich weiß gar nicht, wie ich anfangen soll. Wir, Jenny, du und ich, glaubten, wir hätten ein einmaliges Experiment gewagt. Heute habe ich erfahren, dass vor rund zwanzig Jahren ein norwegischer Forscher wohl schon seine verstorbene Tochter geklont hat. Natürlich auch heimlich und es ist ihm auch gelungen, das bis heute geheim zu halten. Aber ich stehe mit Amundsen schon länger aufgrund unserer gemeinsamen Forscherinteressen in Kontakt und heute nun hat er sich mir anvertraut. Er hat vermutet, dass ich mit dem Gedanken spiele, einen Menschen zu klonen und wollte mich davon abhalten. Das hat ihn dazu bewegt, die Karten auf den Tisch zu legen."

Torsten stand auf und begann vor dem Kamin auf und ab zu laufen. Das tat er immer, wenn er nachdachte.

Er blieb stehen und sah mich ernst an. „Das Fehlen von Gefühlen, die Kälte, die euer Leon so unangenehm ausstrahlt, das sind keine Entwicklungsphasen oder etwas, was sich mit der Zeit geben wird. Im Gegenteil. So leid es mir tut, aber ich muss dir sagen, dass das mit der Zeit schlimmer werden wird."

Ich saß da wie gelähmt. Die Gedanken rasten durch meinen Kopf und ich war nicht in der Lage sie so zu ordnen, dass ich eine vernünftige Frage hätte stellen können.

„Ich versuche es so zu erklären: Den Vitaminbedarf kann man durch die Einnahme von Pillen und Tabletten oder aber durch das Essen von Obst decken. Es ist unumstritten, dass Obst jeder noch so guten Tablette vorzuziehen ist, weil nur das den vollständigen erwünschten Effekt hat."

Ich wurde ungeduldig. „Was haben Äpfel und Birnen mit Leons Problem zu tun?"

„Euer Sohn, Ralf, hat alle Erinnerungen an sein Leben vor dem Unfall. Er kann sich an eure Liebe erinnern, an kleine erzieherische Schlüsselerlebnisse und an den gesamten Sozialisierungsprozess, den ein Kind bis zum Alter von sieben Jahren durchläuft. Aber er hat es nicht wirklich selbst erlebt. Seine Erinnerungen sind Pillen und Tabletten."

„Ist das denn so dramatisch? Übertreibst Du nicht?"

„Mensch, Ralf, ich wünschte wirklich, ich sähe Gespenster. Aber Amundsen hat mir von seiner Tochter erzählt, die Leon um fünfzehn Jahre voraus ist. Er hält sie mittlerweile zu ihrem eigenen und auch zu seinem Schutz in einem

Zimmer eingesperrt. Sie ist nicht böse oder so etwas wie ein Monster, aber es fehlt ihr einfach an jeglichem Gefühl und Verständnis für die Gefühle anderer. Sie hat kein Werteverständnis, kann Bedürnisse anderer nicht nur nicht verstehen, nein, sie nimmt sie gar nicht wahr. Es ist ihr egal, ob sie eine Fliege erschlägt, ein Katze oder gar einen Menschen. Sie kann das alles nicht differenzieren, weil es eben nur eine Kindheit aus zweiter Hand gab und sie es nicht gelernt hat."

Ich wurde ruhig. Mir war, als sei mir selbst jedes Gefühl genommen worden und sehr kalt sah ich Torsten in das kummervoll verzogene Gesicht.

„Was also schlägst du nun vor, Herr Forscher? Verabreichen wir meinem Sohn einen vergifteten Apfel oder zimmern wir ihm im Kinderzimmer ein hübsches, kuschliges Verliess?" Mir schien die Flucht in Sarkasmus die einzige Möglichkeit, nicht wütend zu werden.

Zögernd nahm Torsten eine Pillendose aus seiner Hosentasche und drückte sie mir in die Hand. „Es wird schmerzlos sein und schnell gehen."

Wortlos, aber nicht ohne ihm einen Blick zu schenken, in dem alle Verachtung lag, die ich in diesem Moment verspürte, stand ich auf und verließ ihn.

Auf halbem Weg nach Hause hielt ich in einer Seitengasse an und warf die Pillendose in einen der stinkenden Müllcontainer. Zurück im Auto rief ich Jenny an. „Pack ein paar Sachen ein und die Reisepässe. Ich habe mir in der Agentur endlich einmal frei nehmen können und ich finde, es ist Zeit für einen sehr langen Familienurlaub."

Besuch

Die Musik hämmerte aus den Lautsprechern über der Theke und machte ein Gespräch so gut wie unmöglich. Peter zuckte mit den Schultern und winkte der Bedienung. Als sie fragend die Augenbrauen hob, deutete er auf sein und Ton D'aans Glas. Sie nickte und er wandte sich wieder der Tanzfläche zu. D'aan neben ihm beobachtete mit dem Lächeln eines Kindes ebenfalls das Treiben auf der Tanzfläche. Für ihn, der Tanz und Musik nicht kannte, war das selbst nach fast zwei Jahren auf der Erde noch eine Sensation.

Peter betrachtete seinen Begleiter und verlor sich in seinen Erinnnerungen an die Zeit, als die Ausserirdischen gelandet waren. Es war ein erstaunlich unspektakuläres Ereignis gewesen. Hätten sie Tentakel gehabt oder wären sie grün gewesen, wäre das vielleicht anders gewesen. Aber sie waren den Menschen viel zu ähnlich, um den Medien Aufsehen erregendes Bildmaterial zu liefern und das Interesse an den „Marsianern" ließ sehr schnell nach. Natürlich waren sie nicht vom Mars, aber ihr Planet trug in ihrer eigenen Sprache einen komplizierten Namen. Die Presse nannte sie Marsianer, ein paar einschlägige Blättchen tauften sie wegen ihrer auffallenden Schönheit Venusianer.

Peter, der für ein halbwegs seriöses Wissenschaftsmagazin als Reporter arbeitete, war damals mit der Berichterstattung über die Neuankömmlinge beauftragt worden. Sein erster Job war das Interview D'aans gewesen. Er traf sich mit ihm in der Lobby des Hotels, wo damals noch die meisten Marsianer wohnten.

✂

„Ton D'aan, auf den ersten Blick fallen mir und auch anderen zwei Dinge auf: Sie und ihre Mitreisenden sind – auch für menschliche Augen – sehr gutaussehend und ausserdem sind sie sich alle sehr ähnlich. Liegt diese Ähnlichkeit daran, dass wir Menschen nicht das Auge dafür haben, ihre Unterschiedlichkeit zu erkennen oder stimmt unser optischer Eindruck und es gibt Gründe für diese Ähnlichkeit?"

Peter tat sich schwer mit diesem Gespräch. Ton D'aan war, wenn man einmal davon absah, dass er ein Ausserirdischer war, der langweiligste Interviewpartner, den er bisher erlebt hatte. Fragen beantwortete er präzise und ohne Ausschmückungen und es fehlte an jeder Form von lebhafter oder kreativer Konversation, gleichgültig, wie geschickt Peter ihm in seiner Fragestellung die Bälle zuspielte.

„Auf unserem Heimatplaneten gibt es eine lange Tradition der Genmanipulation. Der Wunsch nach Schönheit hat dazu geführt, dass wir alle einem kollektiven Ideal sehr nahekommen und uns dadurch so ähnlich sind."

„Das lässt ja vermuten, dass – abgesehen von optischen Merkmalen – noch weitere Eigenschaften identisch sind. Haben sie so etwas wie ein geistiges Ideal, das sie durch ihre Manipulation versuchen zu erreichen?"

Ton D'aan nickte. „Ja. Wir sind eine Kultur der Wissenschaften. Logisches Denkvermögen und analytischer Verstand sind Eigenschaften, die wir seit langer Zeit kultivieren."

Peter unterdrückte ein Gähnen.

„Wie sieht es auf ihrem Planeten mit den Künsten aus? Wird Kreativität gepflegt?"

„Kunst, in der Form, wie sie das hier auf der Erde kennen, gibt es bei uns nicht. Wir kennen Ästhetik, wissen die Klarheit einer Form oder die Reinheit eines Ausdrucks zu schätzen, aber wir legen keinen Wert auf kreatives Schaffen."

Peter quälte sich durch dieses Interview, machte einen recht brauchbaren Artikel daraus und wurde zwei Tage später ins Büro des leitenden Redakteurs gerufen.

„Peter, wir haben vor, eine Langzeitreportage über die Marsianer zu veröffentlichen. Da du ja schon die Bekanntschaft mit einem von ihnen gemacht hast und Ton D'aan Interesse bekundet hat, möchten wir, dass du das übernimmst."

„Wie soll denn diese Reportage aussehen?"

„Wir stellen uns das so vor: du wirst als ständiger Begleiter und Beobachter am Leben D'aans teilhaben und tagebuchartige Artikel dazu veröffentlichen. Was sagst du?"

Das garantierte ihm so etwas wie ein festes Einkommen. Auch wenn die Aufgabe wenig reizvoll schien, war zumindest der finanzielle Aspekt etwas, was er nicht ignorieren konnte. Er willigte ein.

✂

Die nun folgenden Wochen waren zu Peters Erleichterung nicht so langweilig, wie er erwartet hatte. Seine ersten Reportagen, die nun täglich erschienen, behandelten die technischen Fragen, die das Erscheinen der Marsianer aufwarf. D'aan erklärte bereitwillig das kombinierte System aus mechanischer Reizung der Lernzentren und ausgefeilter Didaktik, das ihnen das Erlernen der menschlichen Sprachen so einfach machte. Ihre Raumfahrtechnik war für Peter nicht begreifbar, auch wenn D'aan sich mit der Erklärung alle Mühe gab. Dennoch gelang es Peter, einen akzeptablen Artikel darüber zu verfassen.

Peter war schon seit geraumer Zeit der ständige Begleiter D'aans, als die Marsianer aus dem Hotel in ein Haus zogen, das ihnen aus öffentlichen Mitteln zur Verfügung gestellt wurde. D'aan bot Peter ein Zimmer in dieser ungewöhnlichen Wohngemeinschaft an, aber Peter lehnte ab. Es genügte ihm, die Tage mit seinem langweiligen Begleiter zu verbringen, er brauchte nicht auch noch die Abende in dessen Gesellschaft.

Allerdings war Peter häufiger Gast im Hause der Ausserirdischen. Ein seltsames Miteinander herrschte dort. Stets gelassen und beherrscht, niemals gab es Konflikte, die wenigstens ansatzweise zu Aufregung geführt hätten. Gleichwohl bot das gemeinsame Leben der Marsianer keine der Höhepunkte, die den Menschen das

Zusammenwohnen so erstrebenswert machen. Es gab keine ausgelassenen Momente und das Quentchen Humor, das Peter dann und wann erlebte, war zumeist das Ergebnis unfreiwilliger Komik.

Peter versuchte D'aan menschliche Kultur näher zu bringen. Er führte ihn in Opern aus, besuchte Rockkonzerte mit ihm und präsentierte ihm sowohl zeitgenössische als auch traditionelle bildende Kunst. D'aan zeigte sich sehr interessiert an dieser Facette menschlichen Daseins, wohl deswegen, weil sie ihm so wesensfremd war.

„Ja, die Schönheit dieser Dinge kann ich erkennen. Aber warum tut ihr das? Was hat der Mensch von einem Bild einer Landschaft, wenn er doch die Landschaft selbst hat?"

Ton D'aan stand schon seit einer Stunde mit Peter vor einem Gemälde. Peters Füße schmerzten und er hätte sich gerne irgendwo hin gesetzt.

„Die Landschaft selbst ist aber doch weniger als das, was der Maler wahrnimmt, D'aan. Es geht nicht darum, Schönheit an sich zu sehen, es geht darum, das Gefühl, das sie auslöst, darzustellen."

„Wenn ich das will, dann erkläre ich das Gefühl selbst. Wozu soll es gut sein, ein Bild zu malen, das jeder anders verstehen kann, wenn man doch verbal viel präziser definieren kann, was man zeigen möchte."

„Selbst wenn ich einen Roman darüber schreiben würde, wäre doch auch das, was der Lesende versteht, niemals genau das, was ich erklären möchte. Worte sind doch auch nur Bilder."

„Ihr Menschen und euer Individualismus... Bei uns hat jedes Wort eine festgelegte Bedeutung und wenn ich Haus sage, dann versteht auch jeder von uns Haus. Ihr Menschen seht dann gleich schon den Garten davor und die Hecke, die geschnitten werden müsste. Es ist mir ein Rätsel, wie ihr euch überhaupt verstehen könnt."

Peter musste lachen. „Meistens tun wir das ja auch gar nicht. Wir haben nur eine annähernde Vorstellung von dem, was der andere sagen will. Aber ich denke, wir haben das so viele Jahrhunderte trainiert, dass wir damit zurecht kommen."

D'aan erwiderte nichts und vertiefte sich wieder in die Betrachtung des Bildes. Peter dachte an den Artikel, den er noch zu schreiben hatte. Er wusste, dass D'aans Betrachtung durchaus noch einige Stunden in Anspruch nehmen konnte. Der Marsianer war ebenso hartnäckig wie geduldig, wenn er Dinge zu erfassen versuchte. So verabschiedete Peter sich und verliess das Museum.

✄

Die ausserirdischen Besucher verfügten über enorm fortschrittliches technisches Wissen. Wie sonst hätten sie den weiten Weg zur Erde überwinden können? Natürlich wurden sie sowohl von Wissenschaftlern als auch von verschiedenen Regierungsstellen bedrängt, die Menschheit an diesem Wissen teilhaben zu lassen. Sie verweigerten das mit der knappen Erklärung, ihr ethisches Selbstverständnis verbiete ihnen, der menschlichen Entwicklung vorzugreifen. Sie leisteten zwar Unterstützung bei Forschungen und Entwicklungen, die bereits im Gange waren und waren nur zu gerne bereit, hier und da Denkanstösse zu geben, achteten aber peinlich genau darauf, keinen Stein zu berühren, der nicht ohnehin schon ins Rollen gebracht war.

Inzwischen hatte sich Peter an die Wechselbäder aus eintönigem Ausserirdischenalltag und menschlichem Leben gewöhnt. Manchmal genoss er sogar die fast emotionslose Ausgeglichenheit im Haus der Marsianer als erholsame Abwechslung zu seinem menschlichen und somit gefühlsgeladenen Dasein. D'aan und seine Freunde behandelten ihn freundlich und mit großer Höflichkeit. Selten unterhielten sie sich in seiner Gegenwart in ihrer eigenen Sprache, die ihn mit ihren Knacklauten an afrikanische Dialekte erinnerte.

Peters nächste Reportage sollte die Beweggründe der Marsianer zum Thema haben, die sie den Weg zur Erde suchen ließen. Bisher hatte er den Eindruck gehabt, dass man ihm auswich, wenn er Fragen dazu stellte. Nun ja, Eindrücke können täuschen und er beschloss, den Stier, oder was immer dessen ausserirdisches Pendant war, bei den Hörnern zu packen. Er fragte D'aan direkt. Der schwieg eine Weile, bevor er antwortete.

„Du weißt ja, dass unsere Gesellschaft von der jahrhundertelang praktizierten Genmanipulation geprägt ist. In all unseren geistigen wie körperlichen Eigenschaften sind wir uns viel ähnlicher als ihr Menschen und entsprechen weitgehend dem Ideal eines durch und durch vernunftbegabten Wesens. In unserem Miteinander geschieht wenig unvorhersehbares."

„Ihr habt euch gelangweilt!" unterbrach ihn Peter, ein

breites Grinsen im Gesicht.

„Das Wort Langeweile kenne ich erst, seit ich auf der Erde bin. Aber, ja, es trifft zu. Einige von uns waren nicht zufrieden mit der Vorhersehbarkeit und Berechenbarkeit unseres Lebens. Wir waren der Meinung, dass der Preis der Stagnation ein zu hoher für die Sicherheit und Ruhe unseres Daseins war. Und nichts anderes ist das Leben auf unserem Heimatplaneten mittlerweile: ein ewiger Kreislauf, in dem sich nichts mehr wirklich bewegt. Wir sind unschlagbare Denker, kluge Analytiker, aber wir schaffen nichts Neues."

Peter machte seiner Verblüffung Luft. „Ihr seid Freaks! Nicht die offizielle Abordnung, die Kontakt zu fremden Wesen suchen soll, für die wir euch immer gehalten haben, sondern Aussteiger, Weltraumhippies."

„Ja, zumindest etwas ähnliches. Wir haben es vermieden, euch das wissen zu lassen. Euer Umgang mit euren „Freaks" und Querdenkern war für uns nicht gerade eine Ermutigung, euch die Wahrheit über unsere Beweggründe zu offenbaren."

Bisher war Peter, so wie wahrscheinlich auch der Rest der Welt, davon ausgegangen, dass die Marsianer keinen Kontakt zum Heimatplaneten hatten, weil die enorme Entfernung das unmöglich machte. Jetzt schalt er sich einen Esel, dass er so leichtgläubig etwas als gegeben hingenommen hatte, das einer genaueren Überlegung nicht wirklich standhalten konnte.

„Ihr steht deshalb nicht mit eurer Heimat in Verbindung, weil weder ihr an euren Mitmarsianeren, noch diese an euch besonders viel Interesse haben, stimmt's? Das hat gar nichts mit technischen Problemen zu tun. Wer den weiten Weg hierher körperlich zurücklegen kann, dem sollte es doch ein leichtes sein, Nachrichten auf eine ebensolche Reise zu schicken."

D'aan nickte nur bestätigend.

Als Peter wenige Stunden später in seinem eigenen Appartement im Bett lag, resümierte er noch einmal das heutige Gespräch. Er fragte sich, welche Überraschungen die so friedliebend und sanft wirkenden Erdenbesucher noch bereit hielten.

Ton D'aan hatte sich verändert. Unmerklich zunächst für Peter, der täglich mehrere Stunden mit ihm verbrachte. Aber es fiel ihm auf, dass die Reaktionen Dritter auf den Ausserirdischen anders waren als noch vor wenigen Monaten.

Üblicherweise erregte D'aan, wenn er einen Raum betrat, erhebliches Interesse, das aber nach kurzer Zeit schon wieder abflaute. Seine auffallende Schönheit, die Ergebnis der Genmanipulationen seines Volkes waren, zog die Blicke auf sich, aber seine unkreative und bis ins langweilige analytische und kopflastige Konversation machten diesen Pluspunkt gleich wieder zunichte. Rasch wandten sich seine Gegenüber wieder anderen Gesprächspartnern zu, die mit ihrer menschlichen Widersprüchlichkeit zwar weniger gehaltvolle, dafür aber wenigstens einigermaßen spannende Unterhaltung versprachen.

In letzter Zeit waren die kurzen Gespräche, die D'aan dadurch führte, immer länger geworden und überrascht hatte Peter gestern Abend festgestellt, dass die Gastgeberin des Festes, das sie besuchten, tatsächlich mit D'aan zu flirten schien.

Nach dieser erstaunlichen Entdeckung verbrachte er den Rest des Abends damit, D'aan genauer zu beobachten. Ja, der Ausserirdische lächelte in der Tat wesentlich öfter, als er das zu Anfang seines Besuches auf der Erde getan hatte und hin und wieder lachte er sogar. Peter fragte sich, ob die rigorose Zuchtmanipulation der Marsianer vielleicht doch nicht so wirkungsvoll gewesen war, wie er bisher angenommen hatte. Konnte es sein, dass in den so kühlen Denkern doch noch die Anlagen schlummerten, die sie glaubten, innerhalb der letzten Jahrhunderte weggezüchtet zu haben? Vielleicht rührte ja der Kontakt D'aans zu Peter längst vergessen und verdrängt geglaubte Wesenszüge an.

„Ton..." begann er, als sie nach der Party in Peters Wagen auf dem Heimweg waren.

„Ich habe gesehen, wie du mich beobachtet hast und kann mir vorstellen, was du nun fragen willst. Ja, die Dame war ernsthaft an mir interessiert. Ihr Menschen zeigt ein paar untrügliche Anzeichen dafür und außerdem können wir das riechen. Das meine ich nicht als Redewendung sondern im wörtlichen Sinn. Ich glaube, ihr riecht es auch, aber es ist euch nicht bewusst."

„Gut, sie wollte dich. Und du? Wärt ihr denn überhaupt...ähm...kompatibel? Rein technisch meine ich..."

Es fiel Peter schwer, mit D'aan, den er nun schon so lange kannte und der ihm immer als geschlechtsloses Wesen erschienen war, über diese Dinge zu reden. Er hatte hier keinen seiner Kumpel vor sich, mit denen er die Peinlichkeit von Gefühlen mit markigen Sprüchen überspielen konnte.

„Ich glaube schon. Rein technisch. Von Gefühlsseite her auf Dauer bestimmt nicht. Aber es würde mich schon interessieren."

Allein schon die Formulierung des letzten Satzes führte Peter erneut sehr deutlich die Veränderung D'aans vor Augen. Derart vage Formulierungen waren untypisch für den klar und scharf kalkulierenden Ton D'aan, den er bisher geglaubt hatte zu kennen.

Sie waren am Haus der Marsianer angekommen und D'aan stieg aus. Peter schaute ihm nach und ihm fiel wieder das Gespräch der Marsianer ein, das er zufällig belauscht hatte und das ihm seitdem nicht mehr aus dem Sinn ging.

Nachdem er schon so lange tagtäglich bei den Besuchern ein und aus ging, verstand er wesentlich mehr ihrer eigenen Sprache, als er sie bisher hatte wissen lassen. Zwei der Mitreisenden D'aans hatten sich im Garten des Hauses unterhalten und Peter, der in der Bibliothek an einem seiner Artikel schrieb, konnte sie durch das geöffnete Fenster hören. Seine Sprachkenntnisse reichten nicht aus, den ganzen Inhalt des Gespräches zu verstehen, aber einige markante Satzfetzen konnte er übersetzten.

„Wir hatten doch geplant, ... niemals so weit ... B'eot muss damit aufhören! Wir wollen ... Menschen nicht ... Freunde...erst recht nicht ...mehr noch als Freundschaft mit ihnen ..."

„... Peter und D'aan? ... lassen wir doch auch zu."

„Peter ... brauchen ihn und ... Artikel, damit die Menschen ... vertrauen. Dass D'aan ... anpasst, ...unvermeidbar ...."

Er hatte an diesem Nachmittag in der Bibliothek überlegt, D'aan zu dem, was er gehört hatte, zu befragen. Aber das hätte bedeutet, dass er ihm hätte offenbaren müssen, wie viel er bereits von der ausserirdischen Sprache verstand. Andererseits war das nicht genug, um aus dem Gehörten eindeutige Schlüsse zu ziehen. Nach seiner anfänglichen Aufregung und einem mehrmaligen Rekapitulieren des Gesprächs, das er belauscht hatte, kam Peter zu dem Schluss, dass es keine eindeutige Aussage gab, die Unterstellungen rechtfertigte und es besser wäre, nichts von seinem unbeabsichtigten Lauschen zu erzählen. Er nahm sich aber vor, zukünftig etwas mehr auf scheinbar nebensächliche Dinge zu achten und aufmerksam zu bleiben. Sein Misstrauen war geweckt.

✤

Seit einigen Tagen hatte Peter etwas mehr Freizeit, als er es in den vergangenen Monaten gewohnt gewesen war. Ton D'aan hatte ein Verhältnis mit einer Erdenfrau angefangen und bat um mehr Zeit für sich und diese neue Erfahrung. Es war zu einem grotesken Gespräch zwischen dem aufstrebenden unirdischen Jungliebhaber und dem Reporter gekommen, in dessen Verlauf sich Peter wie ein Vater vorkam, der seinem pubertierenden Sohn den letzten aufklärerischen Schliff angedeihen lässt. Aus Rücksicht auf die Privatsphäre der beiden verzichtete er auf den sicher spannenden Artikel, den er darüber hätte schreiben können.

Peter nutzte die ungewohnte Freizeit, die er nun hatte, seine Kenntnisse der marsianischen Sprache unbemerkt auszubauen und seinem vagen Verdacht nachzugehen. Mit einem unguten Gefühl angesichts seines Vertrauensbruchs stöberte er in der Bibliothek der Ausseridischen in deren Aufzeichnungen. Da er sich immer noch schwer tat mit ihrer Schrift, waren seine dürftigen Ergebnisse mehr als zweideutig. Sicher war, dass sich die Marsianer selbst nicht als Besucher sahen. Angesichts ihrer technologischen Überlegenheit fragte sich Peter bang, wie ihre Absichten wohl tatsächlich aussehen mochten. Ihm fielen die vielen Filme und Romane ein, die sich um die Eroberung der Erde durch ausserirdische Lebensformen drehten und er beruhigte sich selbst mit der Frage, die er sich auch immer beim Lesen oder Sehen dieser Geschichten gestellt hatte: Welches Interesse sollte denn eine technisch überlegene Rasse haben, zumal wenn sie auch noch ein so hoch entwickeltes ethisches Bewusstsein hatte wie die Marsianer, eine andere Rasse, die ihnen ja keinen Lebensraum streitig machte, zu vernichten? War es nicht viel klüger, eine friedliche Koexistenz anzustreben und von den Erfahrungen der alteingesessenen Bewohner der neuen Heimat zu profitieren?

Peter quälte sich gerade durch ein marsianisches Manuskript, das er auch nach mehrmaligen Bemühungen nur zu einem Bruchteil verstand, als sich die Tür der Bibliothek öffnete.

„Lass' Dich nicht stören. Ich will mir nur einen eurer Klassiker als Nachtlektüre holen."

N'kia, eine rothaarige, stille Genschönheit, trat an eines der Regale heran, griff nach kurzem Überlegen ein Buch und wandte sich Peter zu.

„Ich mag diesen Brecht. Er schreibt so schlicht und klar. Kommst du mit deinem Artikel voran?"

Hastig nickte Peter, in der innigen Hoffnung, sie möge nicht näher kommen und entdecken, dass er gar nicht schrieb, sondern marsianische Manuskripte studierte.

„Gut." N'kia drehte sich wieder der Bibliothekstür zu. Erleichtert schloss Peter die Augen und sprach ein stilles Dankgebet.

„Übrigens..." N'kia hielt inne und schien einen Moment zu überlegen, bevor sie fortfuhr. „...ich könnte dir helfen, die Schriften zu entziffern."

Sie war schon längst zur Bibliothekstür hinaus, als Peter wieder wagte zu atmen. Er ließ sich auf den Stuhl zurückfallen und brauchte eine Weile, bis er die wilden Gedanken, die ihm durch den Kopf schossen, so weit im Griff hatte, dass er wieder einigermaßen strukturiert denken konnte. 'Sie wissen es!' Bei dem Gedanken wurde ihm schlecht. 'Sie wissen es und sie haben mich gewähren lassen. Entweder fühlen sie sich so sicher, dass sie keine Angst vor Entdeckung haben oder es gibt nichts, vor dessen Entdeckung sie Angst haben müssten.' Die zweite Möglichkeit schien Peter logischer, aber er misstraute sich und seiner Fähigkeit, logische Schlüsse von

Wunschdenken zu unterscheiden.

Den ersten Gedanken, N'kia hinterher zu laufen und sie zur Rede zu stellen, verwarf er. Hätte sie ihm mehr sagen wollen als den Satz, der ihn gerade so aus der Bahn warf, wäre sie in der Bibliothek geblieben. Die Marsianer waren keine rhetorischen Taktiker, das wusste er. Ihre Worte waren das gewesen, was sie vordergründig aussagten: ein Angebot, ihn bei seinen Nachforschungen zu unterstützen.

Er war gerade dabei, die Schriftstücke wieder wegzuräumen und dabei sein weiteres Vorgehen zu überdenken, als sich die Tür erneut öffnete und D'aan eintrat. Ungeachtet seiner eigenen prekären Situation registrierte Peter, dass dieser leicht gerötete Wangen hatte und auch ansonsten wie die frisch verliebte Unschuld vom Lande wirkte. Der Vergleich war lächerlich, aber Peter fiel kein besser treffender Begriff für das innere Leuchten ein, das D'aan verströmte und das für einen kurzen Moment alles andere unwichtig erscheinen ließ.

„Da hat wohl die genetische Konditionierung endgültig versagt..." grinste er den Marsianer, der ihm mittlerweile fast so etwas wie ein Freund geworden war, an.

D'aan, als ob er das Bild vom verliebten Mädchen, das Peter sich eben von ihm gemacht hatte, bestätigen wollte, wirkte verlegen. „Darüber können wir später reden. Ich habe eben, als ich heimkam, N'kia im Flur getroffen. Sie ist ein wenig besorgt, dass sie dich verschreckt haben könnte."

„Verschreckt?" Peter holte tief Luft. „Wenn sie damit meint, dass ich mir im Geiste den Untergang der menschlichen

Zivilisation ausmale und befürchte, dass du und deine Mithippies Arges im Schilde führen, ja, dann bin ich verschreckt."

Ton D'aan setzte sich in einen der Sessel der Ledersitzgruppe und bedeutete Peter mit ernster Miene, ebenfalls Platz zu nehmen.

„Ich habe nie geglaubt, dass die Heimlichtuerei sinnvoll ist. Aber ich war auch der einzige, der dauerhaft so nah mit einem Menschen zu tun hatte und ich beugte mich dem Beschluss der anderen. Ich denke, es ist allerhöchste Zeit, dir ein paar Dinge zu erklären."

Peter setzte sich und bemühte sich, sein Unbehagen zu ignorieren. Er war hin und her gerissen zwischen seinen freundschaftlichen Gefühlen für Ton D'aan und seinem Misstrauen.

„Zunächst, Peter: es gibt keinen Grund, Schlimmes von uns zu befürchten." D'aan sah Peter bei diesen Worten prüfend an und fuhr, als er in dessen Gesicht Erleichterung wahrnahm, mit einem befriedigten Nicken fort. „Dies ist nicht der erste Besuch, den eure Erde von unserem Heimatplaneten erhält. Vor langer Zeit, ich glaube, ihr nennt diese Zeitperiode Mittelalter, hattet ihr bereits einmal Gäste. Und diese Gäste nahmen einige von euch mit, als sie euch verließen."

„Ihr habt Menschen entführt? Dann stimmen all die Geschichten, die man immer wieder mal in den Sensationsblättchen lesen kann?"

„Nein, von Entführung kann keine Rede sein. Wer mit

reiste, der tat das freiwillig. Nur zu gerne tauschte manch einer in dieser finsteren Periode eurer Entwicklungsgeschichte das Leben auf eurem Planeten gegen den Komfort, den das Dasein auf unserem versprach. Viele wählten diesen Weg, um Krankheit und Elend zu entgehen. Es gab ja schon damals das Genprogramm bei uns und es war ein Leichtes, dieses so zu modifizieren, dass es auch bei euch anwendbar wurde."

„Was geschah mit diesen Menschen bei euch? Waren sie Exoten, die ausgestellt und vorgeführt wurden, wissenschaftliche Versuchsobjekte? Gibt es noch Menschen bei euch? Und, wenn ja, warum habt ihr denn keinen mitgebracht. Ich bin sicher, es hätte bestimmt einige von denen interessiert, auf den Heimatplaneten zurückzukehren."

Ton D'aan sah Peter mit bekümmerter Miene an. „Du verstehst nicht. Hat es dich denn nicht verwundert, dass ich mich so schnell euren Gepflogenheiten angepasst habe, wenn auch nicht vollständig? Glaubst du denn wirklich, ich hätte das getan, wenn ich nicht tief in mir eine Anlage dafür gehabt hätte?"

„Ihr...?" Peter fragte sich, warum er das Offensichtliche so hatte ignorieren können. „Aber was ist mit den ursprünglichen Besuchern?"

„Es gibt sie nicht mehr. Diese Rasse, die technisch so fortschrittlich, wissenschaftlich so überlegen war, ist ausgestorben. Eure Geschichte erzählt, dass die ersten Europäer, die ihren Fuss auf amerikanischen Boden setzten, Krankheiten mitbrachten, gegen die die Eingeborenen keine Abwehrkräfte hatten. Wir, als wir als

Besucher unseren Fuss auf den fremden Planeten setzten, hatten keine Krankheiten, mit denen die T'ooluc, wie sie sich nannten, nicht hätten fertig werden können. Dennoch waren sie uns gegenüber wehrlos, die wir uns, aller natürlichen oder auch menschgemachten Regularien wie Krankheit und Krieg beraubt, rasch vermehrten.

Wir haben sie nicht bekämpft und doch wurden sie immer weniger und wir nahmen Stück für Stück ihren Platz ein. Es war ein stilles Verschwinden, das im Nachhinein niemand mehr so recht erklären kann. Als wir es merkten, war es schon zu spät. Wir vermuten, dass, so wie Goldfische nur so groß werden, wie es ihr Lebensraum zulässt, auch in den T'ooluc eine Art innerer Mechanismus deren Geburtenhäufigkeit geregelt hat. Sicher können wir das nicht mehr sagen.

Ihr habt nichts von uns zu befürchten. Wir sind als Gäste hier und wir werden Gäste bleiben. Wir haben gelernt. Keiner von uns ist in der Lage, Nachkommen zu zeugen oder zu empfangen. Jeder, der diese Reise in die alte Heimat mitmachen wollte, hat sich einem kleinen Eingriff unterziehen müssen, der das unmöglich macht."

D'aan machte eine Pause. Besorgt musterte er Peter, dem man ansah, dass die Gedanken in dessen Kopf Purzelbäume schlugen. Sehr ruhig fuhr er fort: „Wir sind mittlerweile an fast allen Forschungsprojekten dieser Welt beteiligt, wie du weißt. Ihr werdet vieles von uns lernen, wir werden euch in vielen Dingen helfen können. Aber wir werden ein sehr achtsames Auge auf eure Entwicklung der Raumfahrt haben. Wir werden dafür sorgen, dass die Menschheit nie wieder eine Zivilisation vernichtet. Das schulden wir den T'ooluc."

Drahtmännchen

Die Tür fiel ins Schloss. Erleichtert, endlich aus den hochhackigen Dingern herauszukommen streifte Selma die Sandaletten ab und rieb die schmerzenden Ballen. Ein Blick in den Gaderobenspiegel ließ sie grinsen. Es war eine lange Party gewesen und ihr Make-Up hatte deutlich gelitten.

Sie ging ins Wohnzimmer und schenkte sich einen Gute-Nacht-Drink ein. Mit dem Glas in der Hand setzte sie sich auf die Couch. Das Laptop stand noch auf dem Wohnzimmertisch und da sie noch nicht so recht müde war und sich ihr Alkoholpegel auch in erträglichem Rahmen hielt, startete sie es und klickte sich in ihr Tagebuch.

„Wieder eine Party."flogen ihre Finger über die Tasten,"Ausgelassen, fröhlich und doch.... Habe mich mit so vielen Leuten unterhalten und immer wieder überlegen müssen, ob das, was ich da sehe, auch das ist, was tatsächlich vor mir steht. Das alte Realitätsproblem!"

Als Kind schon hatte sie immer überlegt, ob es nicht sein könne, dass die Menschen um sie herum und auch sie selbst vielleicht gar nicht die Geschöpfe aus Fleisch und Blut waren, die sie wahrnahm, sondern vielleicht ganz anders – etwa Drahtfiguren. Ihrem kindlichen Gemüt war damals nichts besseres eingefallen, aber auch heute noch saß dieses Bild in ihrem Kopf fest. Mittlerweile war sie erwachsen und dennoch gab es sie immer noch, die Drahtmännchen. Was immer sie auch erlebte, mit wem auch immer, stets fragte sie sich, wieviel davon tatsächlich erfahren und wieviel bloße Wahrnehmung war.

Gewiss, es gab viele wahrnehmbare Realitäten und bis zu einem bestimmten Punkt hatte auch jeder, mit dem sie sich darüber unterhalten hatte, ihr zugestimmt. Die Grenze war aber meist dort überschritten, wo sie nicht nur die bloße subjektive Wahrnehmung eines Bildes, eines Tones oder von Gerüchen ansprach, sondern ihre Gedanken dazu weiterführte. Wenn sie ihre Drahtmännchentheorie ins Gespräch warf, war Befremden die gängige und Ablehnung eine häufige Reaktion. Inzwischen hatte sie es aufgegeben, darüber zu reden.

Nachdenklich betrachtete sie ihre Hände, die über den Tasten des Notebooks lagen. Es waren schöne, gepflegte Hände mit langen schlanken Fingern und zu gerne hätte sie ihren Frieden mit dem geschlossen, was sie da zu sehen schien.

Mit einem Seufzer klappte die das Laptop zu. Es war Zeit schlafen zu gehen. Sie trank ihr Glas aus, stand auf und ging ins Badezimmer, um die Reste ihres ehemals kunstvollen Make-Ups zu entfernen. Im Spiegel blickte ihr das vertraute Gesicht entgegen und sie lächelte es an.

Sie bearbeitete ihr Gesicht mit einem in Make-Up Entferner getränkten Wattepad und es überraschte sie nicht, dass ihre Stirn unter der Schminke metallisch schimmerte.

Nabelschau

Mit Stolz trug Elena ihr neues hochgeschlossenes Kleid, das frech den Blick auf ihren Bauchnabel freigab. Auf dem Empfang des Konzernchefs gab es nur noch eine, die ihr den Rang ablief. Die Frau des Aufsichtsratsmitglieds Lonnen bewegte sich langsam, hatte bereits jetzt schon, obwohl erst im fünften Monat, den Watschelgang einer Hochschwangeren, drückte die Hände in den Rücken und schob ihren Bauch so weit vor, wie es ihr nur möglich war.

„Wie lange sie das wohl geübt hat?" flüsterte boshaft der junge Mann neben Elena, der schon den ganzen Abend die Augen nicht von ihrer Körpermitte lassen konnte.

Elena mochte den aufdringlichen Flüsterer nicht. Nur einer von denen, die sich gerne mit ihr geschmückt und ihr Image aufpoliert hätten. Sie drehte sich achselzuckend weg und winkte Johannes zu, den sie am Buffet entdeckt hatte.

Johannes, der nun freudestrahlend auf sie zueilte, war nur ein ganz kleines Licht in der Konzernhierarchie, ein Retortengeborener, der sich zudem noch weigerte, sich einen künstlichen Bauchnabel verpassen zu lassen. Elena bewunderte ihn für so viel Rückrat und liebte ihn für seine geistreiche, wenn auch manchmal arg sarkastische Konversation.

„Hallo Elena, schickes Kleid. Und wie ich sehe, hat es dir auch schon erste Verehrer eingebracht." Ein boshaftes

Grinsen. „Unsere liebe Frau Lonnen mag ja der Star des Abends sein, aber eine wirkliche Konkurrenz ist sie dir nicht. Schließlich ist sie ja in festen Händen."

„Johannes, fang du nun nicht auch noch mit dieser Schmeichelei an. Ich gönne es ihr. Wie viele natürliche Geburten haben wir denn noch gehabt im letzten Jahr? Es ist ein Segen, dass die Retortentechnik mittlerweile so ausgereift ist, sonst sähe es um unser aller Zukunft düster aus. Und vergiss nicht die Schmerzen und die Mühe, die sie auf sich nehmen wird für ihr Baby. Also sei nicht missgünstig!"

Johannes schnaubte. „Ich bin ganz gewiss nicht missgünstig. Ich gönne es dem Baby, in einer richtigen Familie umsorgt aufzuwachsen. Aber ich hätte es mir und allen anderen Retortengeborenen auch gegönnt. Die Ungerechtigkeit liegt ja nicht bei der Lonnen und dem Rummel um sie und die paar anderen natürlichen Mütter; die Ungerechtigkeit liegt bei den Aufzuchtheimen, in denen ich und so viele andere aufgewachsen sind. Bei der Diskriminierung, die viele von uns dazu treibt, sich künstliche Bauchnäbel in einer Schönheits-OP zuzulegen. Bei der Borniertheit einer Gesellschaft, die sogar gesetzlich vorschreibt, dass diese Bauchnäbel so gekennzeichnet sein müssen, dass man erkennt, dass sie nicht angeboren sind."

Johannes hatte sich in Rage geredet und Elena war erstaunt über den leidenschaftlichen Vortrag den der sonst so kühle Sarkast ihr da hielt. Schuldbewusst legte sie die linke Hand auf den Bauch, als könne sie wenigstens für diesen kurzen Moment das Zeichen ihrer natürlichen Geburt für Johannes unsichtbar machen.

„Was ist passiert, Johannes? So kenne ich dich ja gar nicht." Sie fragte aus echtem Interesse und es war ihr egal, dass bereits einige der Gäste ihre ungebührlich lange Unterhaltung mit einem Retortengeborenen mit irritierten Mienen beobachteten.

„Man hat mir eine Beförderung angeboten."

„Aber das ist doch toll! Du bist einer der besten Mitarbeiter in deiner Dienststelle, das sagst du doch auch immer selbst und ich habe das auch schon von anderen gehört. Was stört dich also daran?"

Johannes Blick hatte etwas gequältes. Elena konnte förmlich sehen, wie er seinen Unmut zügelte und ihr zuliebe innerlich mehrmals bis zehn zählte, bevor er antwortete.

„Meine liebe Elena, man will mich nicht befördern, weil ich gut bin. Es hat sich herumgesprochen, dass du, eine natürlich Geborene, mich schätzt. Und man hat es zur Bedingung gemacht, dass ich mich einer Nabeloperation unterziehe und meine Freundschaft zu dir platonisch bleibt."

„Oh, sieh das mit der OP doch einfach nur als ein kleines Eingeständnis. Gefährlich ist die doch nicht und an dem, was du denkst, wird sie letztlich auch nichts ändern."

Obwohl Johannes nun nickte, wurde sein Blick noch finsterer.

„Nun, und das mit der platonischen Freundschaft ist doch selbstverständlich, Johannes. Du weißt, dass ich dich sehr mag, gerne die Zeit mit dir verbringe und es genieße, mit dir über Gott und die Welt zu plaudern. Aber es ist schon eine lächerliche Idee, dass wir zwei...ich meine, wir haben so unterschiedliche Hintergründe...und wann hätte es das gegeben, dass ein Retortengeborener....."

Elena stockte und wandte den Blick von Johannes Augen ab, deren Ausdruck sie nicht mehr ertrug. Verlegen und unsicher kaute sie auf ihrer Unterlippe. Johannes Gesichtsausdruck, ein malerischer Wechsel von Enttäuschung, Entschlossenheit und Trotz, entging ihr so.

„Ja, Elena, es ist wirklich eine lächerliche Idee. Aber ich habe abgelehnt."

Weltenwanderer

"Pssst, leise Kinder! Da hinten, wenn ihr ein wenig genauer hinschaut, könnt ihr ihn sehen. Ein Mensch. Hab' ich seit ewigen Zeiten nicht mehr wild lebend gesehen."

"Drittes Elternteil[*1], wo kommen die Menschen denn her? Kamen die auch - so wie wir - vor langer Zeit mit einem Raumschiff hierhin?"

"Nein, mein Kind. Als unsere Vorfahren ihren Fuß auf diesen Planeten setzten, da waren die Menschen schon hier. Nicht mehr sehr viele, aber doch mehr als heute. Die Erde - so nennen die Menschen selbst ihren Planeten und ich finde, wir sind ihnen den Respekt schuldig, diesen Namen auch zu benutzen, wenn wir schon als ihre Gäste hier leben - ist der Planet, auf dem sich ihre Rasse entwickelt hat."

"Aber warum gibt es nur noch so wenige Menschen?"

"Ach Kind, das ist eine sehr traurige Geschichte. Die Menschen sind sehr anders als wir. Ihr biologisches System der Fortpflanzung basiert auf der Teilnahme von nur 2 verschiedenen Geschlechtern. Ihr werdet noch im

---

*1 *manche Begriffe in der Sprache der Weltenwanderer haben keine Entsprechung in unserer Sprache und können daher nur annähernd sinngemäß übersetzt werden. Man bedenke die weithin bekannten Besonderheiten ihrer familären und sozialen Strukturen, die nicht zuletzt aus der biologischen Erfordernis von 4 an der Fortpflanzung beteiligten Geschlechtern herrühren.*

Biologieunterricht lernen, dass das die Variationsmöglichkeiten stark einschränkt und dadurch natürlich auch die Entwicklung der Art sehr langsam macht. Was aber noch schlimmer ist: es muss nur Einigkeit, Liebe und gemeinsames Interesse zwischen 2 Individuen bestehen, um den Erhalt der Art zu garantieren. Dadurch kann in der Evolution ein hohes Maß an Egoismus und Aggression bestehen und die sozialen Eigenschaften und Fähigkeiten setzen sich nicht so stark durch wie zum Beispiel bei uns. Wir müssen, um Familien zu haben, 4 Geschlechter vereinen. Deswegen haben sich bei uns in letzter Konsequenz nur die Mutationen durchsetzen können, die über ein hohes Maß an sozialen Fähigkeiten verfügen."

"Dann haben die Menschen sich also selbst vernichtet? Haben sie Kriege geführt?"

"Zu bestimmten Zeiten ihrer Entwicklungsgeschichte schon, mit viel Leid und vielen Toten. Aber das ist nicht der Grund dafür, dass sie heute fast ausgestorben sind. Nach vielen Jahrhunderten der Kriege und der Unvernunft gelangte die Menschheit durch die ihr durchaus auch eigene Intelligenz zu der allgemeinen Überzeugung, dass ein Weiterführen ihrer Kriege zum unweigerlichen Ausrotten der eigenen Art führen müsse. Es kam zu einem weltumfassenden Frieden."

"Aber dann waren sie ja gerettet! Was ist passiert, dass es jetzt doch nur noch so wenige gibt?"

"Nun, mein Kleines, es sah wohl für die nächsten Jahrzehnte wirklich so aus, als sei es der Menschheit gelungen, ihren unweigerlichen Untergang aufzuhalten. Es gab einige Probleme mit der Überbevölkerung, da ja die Abwesenheit von Krieg ein entscheidendes Regulativ bei der Bevölkerungsentwicklung ausschaltete und der Mensch infolge seiner vergleichsweise leichten Partnerfindung zum Zwecke der Fortpflanzung über eine sehr hohe Reproduktionsquote verfügte. Aber auch diese Probleme bekam man in den Griff. Es sah also zunächst wirklich gut aus für die Zukunft der Menschheit."

"Drittes Elternteil, nun erzähl' uns endlich, warum es fast nur noch in den Reservaten Menschen gibt! Das ist doch seltsam, es war doch eigentlich endlich alles gut."

"Nein, leider schien das nur so. Die menschliche Aggression, also die Angriffslust und der Selbstbehauptungstrieb, die einstmals zu den Kriegen führte, war auch eine entscheidende Stimulanz für die Fortpflanzung. Je mehr der Mensch sich ihrer entledigte, desto lustloser wurde er, wenn es um das Miteinander ging. Nicht nur, dass Harmonie, so erstrebenswert sie auch den Menschen erschien, ohne die denkbare Möglichkeit des Konflikts zu einem Zustand des gelangweilten Kontaktunwillens führte, auch das menschliche Streben nach sexuellen Erfahrungen ließ, des Faktors Aggression beraubt, mehr und mehr nach. Der Mensch verlor, um es einfach auszudrücken, jegliche Lust am Leben und am Erhalt seiner Art."

"Haben wir denn nichts getan, um sie zu retten? Was ist mit den Reservaten? Können sie da überleben?"

"Ach, das ist das schmachvollste an der traurigen Geschichte der Menschheit - unser völliges Versagen! Wir haben es versucht, wirklich versucht. Aber unserer Art fehlt jeder Zugang und jedes Begreifen der Aggression. Wie sollen wir den Menschen in den Reservaten etwas wieder beibringen, das für uns vollkommen unbegreiflich ist? Unsere Wissenschaftler arbeiten sehr hart daran, den Menschen in Reservaten wieder zur Fortpflanzung zu bringen und wir hoffen sehr, dass unter den wenigen Nachkommen, die heute noch das Licht der Welt erblicken, irgendwann einmal eine Mutation mit hohem Aggressionspotential sein wird. Dann, meine Kinder, nur dann hätten wir eine Chance, dem Menschen auf seinem Heimatplaneten wieder eine Zukunft zu schaffen."

Chip

Lilli seufzte und blickte aus dem Fenster in einen Himmel, der langsam heller wurde. Es war schon wieder früher Morgen. Seit Stunden schon redeten sie und Thomas und kamen zu keinem Ergebnis. Eigentlich liebte sie die Nächte, in denen sie zwei stundenlang diskutierten, schließlich war es heutzutage schwierig, überhaupt jemanden zu finden, der Freude am fairen Streiten hatte, aber heute nacht war es einfach mühsam. Für sie beide war das Thema zu wichtig, um Kompromisse einzugehen.

Lilli nahm noch einen Schluck vom kalten Kaffee, verzog das Gesicht und wiederholte zum wahrscheinlich hundertsten Mal in dieser Nacht: "Kein Chip für unser Kind, Thomas, niemals! Und du selbst kennst die Gründe nur allzu gut und ich verstehe auch nicht, warum du nun auf einmal den Hasenfuß in dir entdeckst."

Thomas sah sie resigniert an. "Du weißt, dass es für Kinder ohne Chip sehr schwierig ist. Ich möchte nicht, dass unser Kind anders ist, möchte ihm den Spott und die Benachteiligungen ersparen."

"Ja, Thomas, und eigentlich willst du ihm das Selberleben ersparen. Wer sagt denn, dass ein leichtes und sicheres Leben gut ist? Du hast doch selbst den Chip gehabt und entfernen lassen und solltest wissen, was du dadurch gewonnen hast. Willst du das unserem Kind vorenthalten?"

Der Chip... Vor gut hundert Jahren hatte es einen Vorläufer des heutigen Chips zum ersten Mal für Haustiere gegeben. Eigentlich dafür gedacht, die entflohenen Lieblinge schnell lokalisieren und wieder ins traute Heim zurückbringen zu können, war bald ein cleverer Geschäftsmann darauf gekommen, dass es genügend Eltern gab, die nur allzu bereit ihre Verantwortung zumindest teilweise einem harmlosen kleinen Hilfsmittel übertragen würden. Mehr und mehr kam es in Mode, dem Nachwuchs ebenfalls einen Chip zu implantieren. Schöne neue Welt... Der Chip war anfangs durchaus umstritten, aber nach ein oder zwei aufsehenerregenden Erfolgsgeschichten des Implantats, die in der Regenbogenpresse breitgetreten wurden, verstummten die warnenden Stimmen oder wurden einfach überhört. Bald galt es als Zeichen besonderen Verantwortungsbewusstseins, seinem Nachwuchs in einer harmlosen Operation den Chip zu implantieren. Der kleine Eingriff war nach wie vor freiwillig, das war er auch heute noch, aber es dauerte nicht lange, da weigerten sich Veranstalter von Jugendfreizeiten und Kinderferienaufenthalten, Kinder ohne Chip an ihren Veranstaltungen teilnehmen zu lassen. Bald darauf war der Chip auch bei Veranstaltungen wie Klassenfahrten und Ausflügen Voraussetzung. Ein Kind, das keinen hatte, galt als Sicherheitsrisiko und wurde daher von der Teilnahme ausgeschlossen.

"Ja, ich weiß schon, was ich durch das Entfernen des Chips gewonnen habe. Aber ich habe auch viel verloren. Du kennst das nicht, Lilli, deine Eltern haben dir niemals ein Implantat setzen lassen, aber ich weiß, wie einfach das Leben mit dem Chip ist und wie zufrieden ich war. Niemals glücklich, das stimmt, das bin ich erst heute in manchen Momenten, aber immer zufrieden und niemals unglücklich, wie ich das heute manchmal bin."

Lilli sah sich in ihrer schäbigen Wohnung um. Ja, das stimmte, mit Chip wäre ihr gar nicht aufgefallen, wie armselig ihr Heim war. Heute war der Chip viel mehr als eine bloße Ortungsmöglichkeit. Um 2090 herum hatte man dem Chip ein weiteres Feature hinzugefügt: die ultimative Dosis Glück - ein Serum, das in kleinsten Mengen an den Körper abgegeben werden konnte und für ein andauerndes Gefühl der Zufriedenheit sorgte. Viele weigerten sich zwar, diese 2te Generation des Chips implantieren zu lassen, aber nur rund 10 Jahre später gab es eine bahnbrechende Neuerung. Man hatte entdeckt, wie man durch gezielte elektrische Reize in kleinster Dosierung das Gefühlsleben steuern konnte, ohne jedoch wesentlich persönlichkeitsverändernde Wirkung auf den Einzelnen zu haben. Die Wirkung des Chips der 3ten Generation machte Menschen nicht zu einer anderen Person, nur ein wenig friedlicher, freundlicher, zufriedener - eben sozial angepasster.

Heute lebten rund 95 % der Menschen mit dem Chip. Es gab kaum noch Verbrechen, das Gemeinwesen strotzte nur so vor sozial vorbildlichem Verhalten. Der Chip war immer noch freiwillig, auch wenn eine Karriere ohne dieses kleine Wunderwerk der Technik kaum vorstellbar war. Welche Firma würde denn schon einen sozial unberechenbaren Menschen in gehobenen Positionen beschäftigen? Nein, das war der Preis, den man für die eigenen Unkontrollierbarkeit und für die Fähigkeit wirklich glücklich und auch unglücklich sein zu können, bezahlte. Das Wohl und Wehe der 95 % Chipträger wurde gewissenhaft in den Chip-Kontrollzentren überwacht, in denen ein sorgsam geschultes Personal die Gefühlswelt ihrer Schäfchen auf

Monitoren im Auge behielt. Normalerweise arbeitete der Chip selbständig und fehlerfrei, nur in besonderen Fällen war er mit der Gefühlsflut seines Trägers überfordert. Dann erhielten die aufmerksamen Beobachter an den Monitoren Warnmeldungen und griffen ein. Thomas war ein solcher Supervisor gewesen und hatte selbstverständlich seine Verantwortung mit der Entfernung seines Implantats abgeben müssen.

Wieder seufzte Lilli. "Tom, lass uns einen Deal machen. Lass uns unser Kind ohne Chip großziehen. Zumindest die ersten 12 Jahre. Und dann soll es selbst entscheiden, ob es mit Chip oder ohne leben will. Bis dahin hat es noch keine unüberwindlichen Nachteile in Bildung und Karriere, das wird erst später wirklich schwierig. Wenn wir unsere Sache gut machen, wird es sich für ein freies Leben entscheiden. Wenn nicht... Herrje, daran darf ich gar nicht denken... Aber dann sollten wir ihm auch die Freiheit lassen, sich für ein anderes Leben als unseres zu entscheiden."

Ein prüfender Blick von Thomas. "Meinst du denn, das bringst du fertig?"

"Ganz ehrlich: ich weiß es nicht. Aber wenn andere Eltern ihre Kinder loslassen können, dann werde ich das auch schaffen. Vertrau' mir und erinnere mich gelegentlich daran. So, und nun mach' ich uns erst mal einen frischen Kaffee und dann muss ich ja schon los in die Chipfabrik."

Sie stand auf und machte sich an der Kaffeemaschine zu schaffen. Sie wusste, dass Thomas ihren Vorschlag überdenken und wahrscheinlich auch einwilligen würde, da war sie sich sehr sicher. Sie warf einen Blick aus dem

Fenster in den Vorgarten, wo sich ihr Nachbar, ein freundlicher Chipträger und vorbildlicher Familienvater liebevoll von seiner Frau verabschiedete, dachte an die rund um sie herum herrschende Harmonie, die sie manchmal kaum noch ertragen konnte und kämpfte gegen ihre Wut und das sichere Gefühl, bereits heute verloren zu haben.

Reisende

Linnemann nestelte nervös an seiner Krawatte, einem heutzutage völlig aus der Mode gekommenen Accessoire, da er selbst aber gerne trug. Er fand, dass sie einem Mann Würde und Distanz verlieh – und vor allem Distanz schätzte er sehr.

„Doktor Linnemann, sie wollen uns also glauben machen, dass die Zeitreiseexperimente keinerlei Auswirkungen auf den Verlauf der Geschichte hatten. Und das, obwohl sie im Laufe mehrerer Jahre wohl hundertfach die Vergangenheit aufgesucht haben?"

Linnemann holte tief Luft, zählte innerlich bis zehn und verkniff sich die spöttische Bemerkung, die ihm durch den Kopf schoss. Statt dessen antwortete er dem Vorsitzenden des Untersuchungsausschusses für temporale Abnormitäten mit ruhiger Stimme:

„Ich habe bereits mehrmals dargelegt, dass wir die Zeitreiseexperimente keineswegs wegen auftauchender Paradoxa oder gar Auswirkungen auf unsere Gegenwart aufgegeben haben. Schon früh fanden wir heraus, dass unsere Handlungen in der Vergangenheit keinerlei Einfluss auf gegenwärtige Ereignisse hatten. Dinge, die wir während unserer Reisen geschaffen oder vernichtet hatten, waren nach unserer Rückkehr in die Gegenwart ebenso vorhanden oder eben nicht vorhanden, wie vor unseren Zeitreisen. Wir gingen, nach anfänglich harmlosen

Experimenten, sogar so weit, einen der Diktatoren des 20ten Jahrhunderts bereits als Kind zu exekutieren. Dennoch verzeichneten unseren Geschichtsbücher nach unserer Rückkehr genau die gleichen Zeitabläufe wie vor der Exekution. Es war nicht nur so, als ob sie nie geschehen wäre – sie war tatsächlich nie geschehen.

Im Zusammenhang mit dieser Unveränderbarkeit der Zeit können wir uns nun auch erklären, warum Reisen in die Zukunft nicht möglich sind. Es ist uns möglich, quasi als aktiver Betrachter, in der Vergangenheit zu weilen. Aber alle Aktivitäten verpuffen ohne jegliche Konsequenz für unsere Gegenwart. Eine Zukunft aber, die man als ein solcher aktiver Betrachter besuchen könnte, gibt es ja noch nicht. Also ist uns das Reisen dorthin verwehrt."

Müller, ein kleiner Wadenbeißer, der vermutlich nur Mitglied des Untersuchungsausschusses war, damit die erforderliche ungerade Mitgliederzahl gewahrt bleiben konnte, kniff die Augen zusammen: „Ach, und warum dann, mein lieber Herr Doktor Linnemann, wurden die Experimente, die sie so lange schon heimlich machten, dann eingestellt? Warum haben sie und die übrigen Forscher alle Unterlagen, technischen Zeichnungen, Entwürfe, Dokumentationen und auch die Zeitmaschine selbst zerstört?"

„Weil wir die Dinge so sehen konnten, wie sie wirklich waren. Stellen sie sich vor, sie erlebten den unmenschlichen Diktator aus ihrem Geschichtsbuch als treuen Freund und liebevollen Familienvater, der das, was er tut, aus der Überzeugung, vollkommen richtig zu handeln tut. Oder den Helden der Humanität, der leuchtendes Vorbild all unserer moralischen Erziehung ist, als quengelnden Hypochonder, dessen oft zitierte Leitsätze gar nicht von ihm stammen. Das, meine Damen und Herren, sind nur zwei Beispiele und ich will auch gar nicht weiter ins Detail gehen.

Unsere Reisen gingen weit, sehr weit in die Vergangenheit. Nach einer Weile machte sich bei allen Zeitreisenden eine gewisse Mutlosigkeit und Frustration breit. Wir schoben das auf die Heimlichtuerei, zu der wir gezwungen waren und wurden erst hellhörig, als einer von uns, Doktor Rodenberg, versuchte sich das Leben zu nehmen.

Rodenberg ist ein glühender Verehrer des Humanismus, der Philosoph unter uns, und seine Reisetagebücher lasen sich wie ein Who-is-Who der menschlichen Geistesgeschichte. Ich möchte ihnen die frustrierenden Einzelheiten ersparen, aber ich kann ihnen so viel verraten: nicht ein einziger der Besuchten entsprach dem glorifizierten Bild, das wir aus unseren Geschichtsbüchern kennen. Die meisten waren von dem gezeichneten Ideal weiter entfernt als eine Amöbe von einem Menschen. Und je weiter die Reisen in der Zeit zurückreichten, desto weniger stimmten unsere Vorstellungen mit der tatsächlichen Person überein.

Meine Damen und Herren vom Ausschuss, bedenken sie doch: wenn ein hochgebildeter und des logischen Denkens durchaus geübter Mensch wie Rodenberg die Wahrheit nicht verkraften konnte, wie viel schlimmer muss sie dann den Rest der Menschheit treffen. Wir kamen zu dem Schluss, dass Zeitreisen – so verlockend die Möglichkeiten auch sein mögen – nicht weiter durchgeführt werden dürfen. Unsere gesamte Zivilisation baut geistig auf einem Wertegefüge von Gut und Böse auf. Denken sie sich nur ansatzweise eine völlige Verdrehung all unserer lange angesammelten Werte und sie werden verstehen, warum wir unser Experiment mit jeder uns nur möglichen Konsequenz abbrechen mussten."

Gefangen

Einige Jahrhunderte war es schon hier. Nur Bewusstsein, kein Körper, nicht männlich, nicht weiblich. Es hatte aufgehört, die Jahre genau zu zählen. Das machte keinen Sinn, wenn es kein Ende gab. Es erinnerte sich an seine letzten Stunden zu hause...

„Guten Morgen Ki, wie fühlst du dich?"

Der Projektleiter musterte sie besorgt. Ki war sicher, daß man ihr die Erschöpfung der unruhigen und schlaflosen Nacht ansehen konnte.

„Abgesehen von meiner Nervosität und den damit verbundenen Unannehmlichkeiten, was meinen Schlaf betrifft, gut. Liegen die Untersuchungsergebnisse schon vor? Wie sehen die Werte aus?"

„Physisch bestehen keine Bedenken, daß dein Körper die Ruhezeit ohne Probleme überstehen wird. Was deine Psyche betrifft...nun, es fehlen uns Erfahrungswerte, wie sich der Bewusstseinstransfer auswirken wird, aber wir sind optimistisch und können zumindest bescheinigen, daß du die besten Voraussetzungen mitbringst, ihn unbeschadet zu überstehen."

Ki nickte. „Dann sollten wir nicht länger warten. Die Zeit drängt, wenn ich an die aktuellen Nachrichten denke. Nicht mehr lange, und es wird zum Krieg kommen. Dann werden uns mit Sicherheit die Mittel gekürzt, wenn nicht gar ganz gestrichen werden. Niemand wird sich mehr für das Leben auf einem weit entfernten Planeten interessieren, wenn bei uns ein erheblicher Teil der Zivilisation in Schutt und Asche liegt."

„Gut Ki, das sehe ich auch so. Die letzten Vorbereitungen werden gerade abgeschlossen und in zwei Stunden werden wir dein Bewusstsein transferieren. Wir werden dazu willkürlich ein Lebewesen der führenden Art auf dem Planeten wählen. Du hast ja jederzeit die Möglichkeit, den Körper zu wechseln. Es ist einerseits bedauerlich, daß wir es dir noch nicht ermöglichen können, aktiv Einfluss auf den Wirtskörper zu nehmen, aber andererseits entschärft das auch vieles von den moralischen Bedenken, die einige von uns haben. Wenn alles gut läuft, wirst du nach einem Jahr wieder in deinen Körper transferiert."

Aus einem Jahr waren Jahrhunderte geworden. Ki wußte nicht, was geschehen war. Es blieb ihm nur die Hoffnung, daß die Projektmittel gekürzt worden waren und es deshalb noch hier war. Zumindest hätte das bedeutet, daß es sein Zuhause noch gab.

Im Laufe der Zeit wechselte Ki immer wieder die Körper, mal einen männlichen, mal einen weiblichen. Längst schon hatte es jedes Gefühl für die eigene Körperlichkeit verloren, war nur noch Beobachter in einer völlig fremden Welt. Es empfand Mitleid und auch Freude mit seinen Wirten, klammerte sich an einige, die ihm wesensverwandt erschienen. Und immer wieder mußte es sich von liebgewonnenen Wirten trennen, wenn deren Zeit ablief. Verurteilt zu leben, ohne leben zu dürfen – so fühlte es sich.

Vor einigen Monaten war Ki in einen neuen Wirt gewechselt, einen jungen Wissenschaftler namens Robert. Zu Kis Freude war Robert Mitarbeiter eines astronomischen Forschungsprojektes. Vielleicht, nur vielleicht, würde Ki etwas über seinen Heimatplaneten erfahren können....

Heute abend traf sich Robert mit einem ehemaligen Studienkollegen. Der Abend war schon fortgeschritten und beide hatten schon einiges an alkoholischen Getränken zu sich genommen. Ki mochte es, wenn seine Wirte leicht alkoholisiert waren. Das machte sie weicher, zugänglicher und ihre Gedanken wurden phantasievoller.

Roberts Studienkollege setzte das Bier ab, wischte mit Daumen und Zeigefinger ein wenig Schaum aus den Mundwinkeln und senkte geheimnisvoll die Stimme.

„Im Ernst Robert, was würdest du sagen, wenn ich dir verriete, daß wir gerade an einem Projekt arbeiten, das es möglich macht, ein Bewusstsein losgelöst vom Körper auf Reisen zu schicken? Nur hypothetisch, selbstverständlich. Und ich habe auch nie etwas gesagt, aber denk doch einfach mal über die Möglichkeiten nach, die sich auch euch bei eurer Forschung bieten würden."

Kis Seele, gefangen im Nirgendwo, schrie und schrie und schrie....

Memory

Er war nachts aufgewacht, orientierungslos und verwirrt. In dem Bett lag eine Frau, die er attraktiv fand, aber nicht kannte. 'Vielleicht träume ich ja.' hatte er gedacht und war aufgestanden. 'Ruhig bleiben!' hatte er sich selbst beschworen und sich auf die Suche nach dem Badezimmer gemacht. Er hatte es auf dem Flur gefunden, nachdem er zunächst die Tür zu einer Abstellkammer geöffnet hatte. Das Gesicht im Spiegel war ihm weder vertraut noch wirklich fremd gewesen und er hatte mit einem Schauer festgestellt, dass er sich noch nicht einmal an seinen eigenen Namen erinnern konnte. Ein seltsamer Traum. Er war wieder in das fremde Bett zurückgekehrt und hatte gehofft, dass er, wenn er erneut einschliefe, aus diesem Traum fliehen könne.

Am Morgen saß er am Frühstückstisch, innerlich in heller Panik, denn er konnte sich immer noch an nichts erinnern. Die Frau, mit der er das Bett geteilt hatte, schenkte ihm mit der Selbstverständlichkeit langjähriger Rituale Kaffee ein, ein etwa neunjähriger Junge saß ihm gegenüber und kleckerte verschlafen Sirup auf seinen Pfannkuchen. Der Junge machte nicht den Eindruck, als sei die Situation auch nur im geringsten ungewöhnlich für ihn.

Er zwang sich zu äußerlicher Ruhe. Etwas in ihm warnte ihn, die anderen merken zu lassen, dass an der morgendlichen Alltagssituation für ihn nichts alltägliches war.

„Du siehst blass aus, Liebling." Die Frau musterte ihn besorgt. „Immer noch so starke Kopfschmerzen?"

Er nickte und bemühte sich, ein gequältes Gesicht zu machen. Nein, er hatte keine Kopfschmerzen, aber Migräne war ein guter Grund, nicht reden zu müssen.

„Dann bleib doch heute zu hause. Die werden im Geschäft auch mal einen Tag ohne dich auskommen. Wenn ich heute nachmittag nach hause komme und das nicht besser ist, sollten wir zu Doktor Schäfer fahren."

Er wusste nicht, wer Doktor Schäfer war, aber er nickte erneut.

„Tim, iss jetzt auf, wir müssen gleich los. Ich hole dich heute mittag an der Schule ab und dann schauen wir uns nach einer Winterjacke und ein paar Stiefeln für dich um." Die Frau packte Brote in eine Dose, der Junge lief ins Bad, um sich die Hände zu waschen.

Noch einmal wandte sich die Frau mit einem prüfenden Blick um. „Meinst du, es geht bis heute nachmittag um fünf? Oder soll ich im Büro anrufen, mich abmelden und wir fahren gleich zu Doktor Schäfer? Du gefällst mir nicht."

„Es geht schon." Er wünschte sich nichts mehr, als dass diese Frau und der Junge endlich das Haus verließen.

Der Junge kam in die Küche zurück, schulterte seinen Ranzen und lief zur Haustüre hinaus. Die Frau seufzte, verdrehte die Augen. „Dein Sohn wird das mit dem Grüßen und Verabschieden nie richtig lernen."

Sein Sohn? Er kannte dieses Kind nicht!

Die Frau drückte ihm noch einen flüchtigen Kuss auf die Wange, dann war auch sie zur Haustüre hinaus verschwunden.

Er wartete auf das Geräusch des abfahrenden Wagens und schlug in einer Mischung aus Verzweiflung über seine Hilflosigkeit und Erleichterung, endlich alleine zu sein, die Hände vor's Gesicht. 'Ruhig,' mahnte er sich, 'ruhig, versuch' logisch nachzudenken. Denke!'

Er versuchte herauszufinden, was er von sich selbst wusste. Dabei stellte er fest, dass er sich zwar an viele Dinge erinnern konnte, aber an nicht ein einziges Detail, das ihm etwas über sich selbst verraten hätte. Aktuelle Tagespolitik, Filme, Bücher – all das war ihm bekannt, aber nichts davon ließ sich in einen Zusammenhang mit ihm selbst bringen. Er wusste, dass er bestimmte Filme gesehen hatte, konnte aber auch bei angestrengtem Nachdenken nicht sagen, mit wem zusammen. Gab es eine solch selektive Amnesie als medizinisches Krankheitsbild? Er war sich ziemlich sicher, kein Mediziner zu sein, aber auch ohne Fachwissen schien ihm das unwahrscheinlich.

Er beschloss, auf Spurensuche zu gehen. Das Wohnzimmer fand er schnell. Auch hier war ihm nichts vertraut. Er durchsuchte das Bücherregal nach Fotoalben und wurde fündig. Es gab Hochzeitsfotos, auf denen er mit der attraktiven Fremden war, weitere Fotos mit ihnen beiden und einem Säugling, der vermutlich der Neunjährige vom Frühstückstisch war. Aber weder diese noch weitere Fotos von diversen anderen Personen, die wahrscheinlich Verwandte und Freunde waren, weckten Gefühle der

Vertrautheit in ihm. Nichts! Enttäuscht stellte er die Fotoalben zurück und ging ins Schlafzimmer.

Er ignorierte seine Schuldgefühle, als er den Nachttisch, der offensichtlich der Frau gehörte – sie hatte heute nacht auf dieser Seite geschlafen und es lagen dort ein paar typisch weibliche Accessoires – durchstöberte. Schließlich fand er in einer der Schubladen ein Tagebuch. Noch einmal zögerte er... 'Ungewöhnliche Situationen erfordern ungewöhnliche Maßnahmen' schob er seine Bedenken beiseite und öffnete das Buch.

„Es ist seltsam" las er in zierlicher Frauenschrift," wie wir uns auseinandergelebt haben. Unser Leben scheint nur noch aus Arbeit, Tims Erziehung und der Aufrechterhaltung des Bildes von unserer glücklichen Ehe zu bestehen. Es gibt Momente, da könnte ich fast glauben, dass wir uns wirklich noch lieben. Das sind die schmerzhaftesten Augenblicke in diesem Einerlei aus Selbstbetrug und bemühter Vorsicht." Er blätterte einige Seiten weiter. „Heute stand der allmonatliche Familienausflug auf dem Plan. Tim hatte sich einen Besuch im Zoo gewünscht, wo es zur Zeit jede Menge Nachwuchs gibt. Er hat uns mit seiner Begeisterung angesteckt und es war ein so wundervolles Gefühl, nach so langer Zeit einmal wieder unbeschwert miteinander zu lachen. Es gab einen kurzen Moment, in dem Thomas und ich uns angesehen haben und in dem ich Liebe spürte. Ganz kurz nur, aber es muss auch Thomas so gegangen sein, denn in seinen Augen war eine Zärtlichkeit, die ich lange schon nicht mehr gesehen habe und er lächelte."

Er hieß also Thomas. Der Name hätte auch ein völlig anderer sein können, nichts kam ihm daran vertraut vor. Er blätterte weiter vor. Er las und indem er las, bekam er eine Vorstellung davon, warum er diese Frau, die ihm so fremd war, geheiratet haben musste. Sie kämpfte. Um ihr gemeinsames Leben, ihre Familie und auch um sich selbst. Oft gab es Schilderungen von Unachtsamkeit und unbedachten Gemeinheiten seines unbekannten Ichs. Keine wirkliche Bosheit, nein, aber ihre Notizen ließen keinen Zweifel daran, dass er sie oft verletzt haben musste. Sie war keine Heilige und einige ihrer Zeilen legten die Vermutung nahe, dass sie einen Liebhaber hatte, aber ihre Beharrlichkeit und ihr Festhalten an der Familie nötigten ihm Respekt ab.

Mit fortschreitender Lektüre bekam er ein recht genaues Bild von seinem Leben, das er bis heute geführt haben musste. Er war Unternehmer, sehr mit dem Aufbau seines Geschäftes beschäftigt. Kein Ellbogenmensch, aber einer, der den Blick für die wesentlichen Dinge verloren zu haben schien und die Menschen, die ihn liebten, für allzu selbstverständlich hielt. Wenn sie von ihm schrieb, dann nie so, dass er sich beim Lesen für sein unbekanntes Ich schämte, immer mit Respekt und Bedauern um die Liebe, die ihnen beiden so offensichtlich entglitt.

Es war auffallend, wie detailliert und akribisch sie ihr Tagebuch führte. Es schien ihm, als wolle sie die Momente ihres Lebens und auch ihrer Ehe in ihrem Schreiben festhalten, bevor die Dinge, die für sie wesentlich waren, vom Alltag weggewischt wurden.

Er schloss das Buch und blickte auf. „Thomas," sagte er, „Thomas, Thomas, Thomas" Immer und immer wieder nannte er seinen Namen in einem seltsamen Mantra wechselnder Tonfälle. Nach einer Weile schien ihm der

Name gar nicht mehr so fremd. Er stand auf und ging ins Badezimmer.

Lange sah er sich prüfend im Spiegel an. Dann setzte er eine strenge Miene auf und zeigte auf sein Spiegelbild: „Thomas, du warst bis heute nacht auf dem besten Wege, eine attraktive und intelligente Frau, die dich liebt und deinen Sohn, der das wahrscheinlich auch tut, zu verlieren. Ich weiß nicht, warum du so dumm und fahrlässig warst, aber das soll uns beide nun nicht mehr interessieren! Du und ich werden jetzt schleunigst zusehen, dass wir unser Leben wieder in die richtigen Bahnen lenken."

✂

Thomas saß in seinem Arbeitszimmer, einem Raum, den er in den letzten Wochen, die mehr als anstrengend gewesen waren, als letztes Refugium zu schätzen gelernt hatte. Hierhin zog er sich zurück, wenn seine Bemühungen, sein Leben wieder zu gewinnen, ihn über seine Belastungsfähigkeit hinaus trieben. Noch immer konnte er sich an nichts persönliches aus seinem Leben vor der Nacht, in der er als Fremder neben seiner Frau aufgewacht war, erinnern. Tägliche Verrichtungen bereiteten ihm keine Mühe, sogar im Geschäft hatte er keine größeren Schwierigkeiten gehabt, sich zurecht zu finden. Seine Mitarbeiter waren ihm zwar fremd, aber es gelang ihm, das zu überspielen. Darin hatte er mittlerweile recht viel Übung. Sein Gedächtnis schien überall dort, wo persönliche Informationen gespeichert waren, schwarze Löcher aufzuweisen, arbeitete aber perfekt, wenn es um unpersönliches Wissen ging.

Svenja, seine Frau hatte das ein oder andere Mal mit

hochgezogenen Augenbrauen reagiert, wenn er sich aus kniffligen Gesprächssituationen heraus manövrierte. Überhaupt, Svenja... Er lächelte. In den letzten Wochen waren sie sich sehr nahe gekommen und es fiel ihm schwer, ihr nicht zu zeigen, dass er sich in sie verliebt hatte. Sie war ohnehin schon oft genug verwundert über die ungewohnte Aufmerksamkeit, die er ihr widmete. Hätte er sich obendrein noch wie ein verliebter Schuljunge aufgeführt, statt den langjährigen Ehegatten zu mimen, wäre sein Geheimnis bestimmt aufgeflogen.

„Papa, können wir gleich rausgehen, den Drachen fliegen lassen?" Tim kam in das Arbeitszimmer gestürmt, den neuen Drachen, den er ihm heute als Bausatz mitgebracht hatte, im Arm. Auf dem Fuß folgte ihm Svenja, etwas atemlos. Sie hielt die Tube Klebstoff vom Drachenbasteln noch in der Hand.

„Tim, du sollst doch nicht einfach so ins Arbeitszimmer hineinplatzen! Dein Vater braucht Ruhe, wenn er da arbeitet."

„Lass ihn, Svenja, das ist eine dumme Regel, die wir abschaffen sollten. Zu hause sollte die Arbeit an zweiter Stelle kommen." Thomas wandte sich Tim zu. „Gib mir eine halbe Stunde, dann komme ich runter und wir wollen mal sehen, ob wir das gute Stück zum Fliegen bringen."

Tim nickte und polterte mit seinem unhandlichen Drachen die Tür des Arbeitszimmers hinaus und die Treppe zur Diele hinunter.

Mit einem Lächeln legte Svenja die Klebstofftube auf die Kommode neben der Tür und kam auf Thomas zu. Sie stellte sich hinter ihn, die Hände auf seinen Schultern. „Verrate mir doch, Thomas, welche gute Fee dich so verändert hat. Tim ist seit einiger Zeit ganz verrückt nach dir und sein ständiges Papa hier und Papa da macht mich fast schon eifersüchtig." Sie beugte sich vor, legte die Arme um seinen Hals und ihren Kopf an seinen. „Und danke ihr von mir, deiner guten Fee. Seit ein paar Wochen bist du so anders. Aufmerksamer, geduldiger, verständnisvoller, liebevoller. Weißt du, dass ich eine Zeit lang gedacht habe, du hättest eine Geliebte und dein schlechtes Gewissen triebe dich dazu, so nett zu sein?"

Er nahm ihren Arm und zog sie zu sich auf seinen Schoß. Manchmal war er kurz davor, ihr von dem seltsam selektiven Verlust seines Gedächtnisses zu erzählen, aber die Furcht, alles zu verlieren, was ihm in den letzten Wochen so wichtig geworden war, mahnte ihn zu schweigen. So erwiderte er auch jetzt nichts und sah sie nur an.

„Nein," lachte sie,"ich weiß, dass du keine Geliebte hast. Aber selbst, wenn es so wäre, müsste ich ihr fast dankbar sein."

Eine Weile saßen sie so schweigend da, die Köpfe aneinander, den Augenblick der Nähe geniessend .

„Weißt du, es kommt nicht wieder." sagte Svenja leise.

„Was?" Aprupt aus seinen Gedanken gerissen drehte er Svenja zu sich um.

Lächelnd legte sie ihm den Finger auf die Lippen. „Schschscht!" Sie machte sich von ihm los. „Warte einen

Moment, ich bin gleich wieder da."

Tausend Gedanken waren ihm durch den Kopf geschossen, als Svenja nach kurzer Zeit wieder durch die Türe kam. Tausend Gedanken und immer wieder der eine: 'Mein Gott, lass mich jetzt nicht wieder alles verlieren!' Svenjas Gesichtsausdruck war nicht definierbar, als sie ihm ein Buch auf den Schreibtisch legte.

„Das ist eines meiner alten Tagebücher, die ich auf dem Speicher aufbewahre. Ich möchte, dass du es liest. Nimm dir Zeit, ich gehe mit Tim raus, den Drachen steigen lassen. Er wird verstehen, wenn ich ihm sage, dass du Kopfschmerzen hast und ein wenig Ruhe brauchst."

Sie küsste ihn, drückte sanft seinen Oberarm, wie man es bei Menschen tut, die Trost oder Aufmunterung brauchen und verließ den Raum.

Thomas saß vor seinem Schreibtisch und beobachtete das Buch, als sei es ein Feind, der zum Angriff bereit auf ihn lauerte. Eines ihrer frühen Tagebücher also. So mutig wie er die letzten Wochen und Tage sein Leben neu begonnen hatte, so mutlos und furchtsam streckte er nun zögernd die Hand nach dem Unbekannten, das ihn da erwartete, aus.

Eigentlich war es kein richtiges Tagebuch. Kein kunstvoll gestaltetes Designstück wie jenes, das er am ersten Tag seines neuen Lebens in Händen gehalten hatte, sondern ein umfunktionierter Chefkalender in Buchform. Er öffnete den Kalender und schaute auf das Datum des ersten Eintrags: 15. Mai 1998 – das war zwei Monate vor der Geburt ihres Sohnes gewesen. Die Schrift war Svenjas, unverkennbar. Aber dennoch wirkte sie kindhafter als die der heutigen Svenja. Nun, es war ja auch schon eine Weile her.

Thomas fasste sich ein Herz und begann zu lesen.

„Ich bin schwanger. Ich bin schwanger. Ich bin schwanger. Immer und immer wieder sage ich mir das und kann es doch nicht so recht begreifen. Nur noch ein paar Wochen und ich werde Mama sein. Ich habe Angst. Thomas ist der liebevollste und rücksichtsvollste werdende Vater, den man sich vorstellen kann, aber er kann mir nicht die Ängste nehmen. Noch immer habe ich mich ihm nicht anvertraut und ich glaube auch nicht, dass ich das jemals tun werde. Dinge, die gut sind, sollte man nicht ändern.

Ich weiß nicht, wie es vor jenem Morgen war, als ich ohne jede Erinnerung an mein Leben aufwachte, zu meinem Entsetzen schwanger und mit einem Mann, der mich offensichtlich liebt, der mir aber ein Fremder war. Mittlerweile habe ich in einiges in Erfahrung bringen können, und ich kann nicht sagen, dass mir gefällt, was ich nun über mein früheres Ich weiß. Thomas, der nach allem, was ich an Informationen zusammentragen konnte, sehr unter mir gelitten haben muss, scheint meine Veränderung der Schwangerschaft zuzuschieben und ist so glücklich über seine neue und ungewohnt liebevolle Svenja, dass er manche Dinge lieber nicht hinterfragt.

Ich weiß nicht, wer ich vor jener Nacht vor vier Wochen war, aber ich weiß, dass die Svenja, die ich jetzt bin, Thomas liebt. Vielleicht kehrt eines Tages mein Gedächtnis zurück. Das macht mir Angst, denn ich kann nicht behaupten, dass mir die frühere Svenja, von der ich mir nach meinen vorsichtigen Erkundigungen ein ungefähres

Bild machen kann, auch nur im geringsten sympathisch ist. Was auch immer der Auslöser für meinen Gedächtnisverlust gewesen sein mag, ich bin dankbar für diese Chance zum Neuanfang."

Draußen hörte Thomas Tims helles Lachen. Er ging zum Fenster, Svenjas Tagebuch noch in der Hand. Eine Weile beobachtete er seine Frau und seinen Sohn, wie sie unter viel Gelächter dem neuen Drachen das Fliegen beibrachten. Schließlich wandte er sich um und ging zur Tür des Arbeitszimmers. Achtlos legte er das Buch auf die Kommode, auf der Svenja schon vorhin den Bastelkleber abgelegt hatte. Es war Zeit, sich seiner Familie zu widmen.

Wortlos

Deine Gefühle
tragen keine Namen
Deine Gedanken
sammeln sich in
kleinen engen Kammern
Ein Gedränge
wortloser Geister,
die Dich glauben machen,
Deine Ohnmacht
sei Normalität.

Dir fehlen die Worte,
die Geister zu beschwören.
Wer keinen
Namen hat,
den spricht man nicht an.
Wem die Worte fehlen,
den quälen
verwilderte Ideen,
unbehütete Gedanken.

Wortreiche Helfer,
hemdsärmlig und tatenfroh,
schwingen die Peitsche,
rufen die Geister
zur Dressur.
Hüte Dich vor ihnen!